目次

いやらしく、して

1

ホテルのロビーをこちらに向かってくる女が、水原幸音だとわかるまでに数秒要した。

幸音のほうは、沢崎よりも先にわかっていたらしい。真っ直ぐに沢崎を見て近づいてきていた。

「お久しぶり……」

幸音が婉然とした表情で声をかけてきた。

「久しぶり。驚いたなァ。すぐには水原だとわからなかったよ」

「すっかりおばさんになってたから？」

興奮ぎみにいった沢崎に、笑みを浮かべたまま小首を傾げて訊く。

「とんでもない。ビックリするほどいい女になってたからだよ」

「やだ、からかわないでよ」

「マジだよ。ホント、見た瞬間、オッ、いい女だと思って、それが水原だったんで驚いたんだ」

「沢崎くんらしいわ、久しぶりに会っていきなりお世辞いって持ち上げるなんて」

幸音が沢崎をかるく睨んでいった。

沢崎は苦笑いした。

「らしい、か。でもお世辞じゃない。ホント、いい女になったよ」

「まだいってる」

幸音は笑って沢崎をぶつ真似をした。

沢崎は幸音を伴ってホテルの地階にあるレストランに向かった。

旧姓水原幸音は結婚して姓が吉川に変わっていたが、夫を自動車事故で亡くしていた。

幸音が未亡人になったことを沢崎が知ったのは、今週の日曜日に約十年ぶりに出席した大学時代のテニスサークルの同窓会の席でだった。沢崎も幸音も同じサークルのメンバーで、同級生だった。

その同窓会は、沢崎たちと同学年のサークルのメンバーがアラサーになったときからはじまって、毎年開かれている。

初回の同窓会の折、沢崎は大学卒業以来初めて幸音と再会した。そして、幸音が O 省のキャリアと結婚して、姓が水原から吉川に変わったことや、すでに小さい子供がいることを知ったのだが、そのとき幸音は女子大の講師をしているということだった。

以来、沢崎はその同窓会にそのうち出てみようと思いながら都合がつかなかったり億劫になったりして、欠席していた。

それが今回、本厄の年になったところでみんなの顔を見てみようか、という気持ちになったのと都合もついたことから出席したのだった。

その席で、幸音が未亡人になったことを初めて知ったのだ。それに彼女は同窓会には毎回出席していたが夫を亡くしてからは出てこなくなったこと、そして現在、女子大の准教授になっていることも。

同窓会の翌日の夜、沢崎は幸音の自宅に電話をかけた。最初に出たのは中学二年生の一人娘で——といってもあとで幸音から聞いてそうとわかったのだが、娘に代わって出てきた幸音は沢崎の電話に驚いた。

沢崎は遅まきながら悔やみの言葉を述べ、幸音のその後のことを訊いたり自分のそれを話したりしたあとで食事に誘った。

同窓会にも出てこなくなったと聞いていたので断られるかと思ったが、幸音はあっさり応じた。そして翌日――この日の夕方、仕事が終わってから会うことになったのだった。

「沢崎くん、電話でいってたわね。厄年になったから同窓会に出てみようと思ったんだって。早いものね。わたしたち、もうそういう年齢になったのよね」

食事をしながら同窓会のことを話していると、幸音が感慨深げにいった。

「ああ、四十二だもんな。女の厄年は何歳だっけ？」

沢崎は訊いた。

「三十七よ」

「そのとき水原は、あ、つい昔のまま水原っていってるけど、吉川なんだよな。だけど吉川って呼ぶの、どうもピンとこないんだよな」

「いいわよ、水原で。じゃなかったら、幸音でもかまわないわ」

「じゃあ幸音って呼ぶことにするよ。女の厄年のとき、幸音はどうだった？」

「べつに特にわるいことはなかったと思うけど……わたしの場合、厄年は三十九歳よ。沢崎くんも同じなんじゃない？」

　三十九歳のとき幸音は夫を亡くし、偶然同じ歳で沢崎は離婚した。そのことを電話で幸音に話したのだ。そして、自分にも中学生の息子が一人いて、別れた妻が引き取っていることも。

「いやァ、俺の場合は反対だよ。解放されて自由の身になれたんだから、厄年どころか祝年だよ」

沢崎は苦笑していった。息子にはわるいと思っていたがそれが本音だった。

「そんなこといったら、奥さんやお子さんにわるいわよ。第一、離婚の原因は沢崎くんにあったんじゃないの？」

　幸音がなじるような眼つきで訊く。そんな眼つきにも、若い頃にはなかった色気がにじんでいる。

「俺に？　どうして？」

「原因は、あなたの浮気じゃない？」

「参ったな。また、らしいって笑われちゃうな」

「ったく、しょうがないヒトねェ」

　幸音は呆れた表情でいった。

「で、いまもその女性と？」

「もうとっくに別れたよ。女とは広く浅くというのが俺の主義——というのは理想で、広くというほどモテるわけじゃないけど、浅くってことだけは心がけてる。深入りして面倒なことになるのはごめんだからね」

「ずいぶん立派な理想だこと。で、いまは別の女性？」

厭味(いやみ)というより揶揄(やゆ)するような顔つきと口調で幸音が訊く。

「といいたいところだけど、いまは空き家だよ。それより幸音はどうなんだ？　彼氏はいるんだろ？」

「沢崎くんがホントのことをいってるとしたら、わたしも同じよ」

「空き家ってこと？」

「そう。だれかいい人がいたら紹介して」

「またまたァ、冗談キツイよ。幸音なら、男なんて選り取り見取り(よどみど)だろう。現に紹介するまでもなく、一番に選り取り見取りされたがっている男が目の前にいるじゃないか」

幸音は吹き出す感じで笑った。

「そうか、わかったわ。これが沢崎くんの女を落とすテクニックなんだ。徹底的に女を持ち上げておいて、自分はへりくだって笑わせる。そうすることで女に油断が生まれ、そこにつけ入る。どう、ちがう？」

揶揄する眼つきでいう幸音に、沢崎は唖然とした。そして、苦笑いしていった。

「いやァ、さすがは大学の先生、すごい分析力だ。でもよくあるパターンだけど、考えすぎだよ。この場合はまったく外れてる。これはテクニックでもなんでもない。俺の幸音に対するマジな気持ちだ。そこのところ、分析なんてしないで、幸音も素直に受け取ってくれよ」

幸音はちょっと戸惑ったような表情を見せて、ワインを一口飲むと、

「素直にって、わたし、ひねくれてる？　厭味な女？」

真顔で訊く。

「そんなことはないさ。ただ、もう少し素直になってもいいんじゃないか」

沢崎も真顔でいった。

「そうね。自分では気づかないうちに素直じゃなくなってるのかもしれない。いつもどこか変な意識があって……」

「変な意識って、なに？」

「夫を亡くして、自分が独りだってことで、変に構えちゃうみたいな……」

幸音は自嘲するような笑みを浮かべていった。

2

幸音に電話をかけたときから沢崎には下心があった。幸音に会うことができれば、そして会ってみた感じしだいでは彼女と寝てみたいと思っていた。

沢崎の記憶にある幸音は、約十年前の最初の同窓会で会ったのが最後だった。アラサーになったそのときの幸音の印象はというと、学生時代とあまり変わらなかった。

学生時代の幸音は、その後女子大の准教授になるほどだから成績は優秀だった。

ただ、性格的に真面目すぎるようなところがあって、それにとくに美形というわけでもなかった。どちらかといえば、地味なタイプだった。

ところが沢崎にとっては気になる存在だった。それも妙なことで気になっていた。

もっとも、これは沢崎だけの特異な感覚なのかもしれない。幸音の顔を見ていると、なぜか女性器を連想してしまうのだ。

彼女の顔の特徴といえば、やや腫れぼったい目元に、いつも潤みをたたえているような眼、それに少し厚めの唇などだが、その顔立ちから受ける感じに、ねっとりとした生々しさのようなものがあったからかもしれない。

だがそれだけのことで、沢崎と幸音との間にはなにもなかった。

ただ、そういう印象があったのと、幸音が未亡人になったとわかって、沢崎はぜひとも会ってみたくなったのだ。

約十年ぶりに会った幸音は、かつて女性器を連想させた容貌に眼を見張るほどの艶かしさが加わって、驚くほどいい女になっていた。そして、沢崎の下心をかきたてた。

食事をしたあと、沢崎は幸音とホテルのバーにいた。

沢崎はウイスキーの水割り、幸音はカクテルを飲みながら、おたがいの仕事のことを話していた。

沢崎はテレビ局でプロデューサーをしている。だが仕事の話は適当にしながら、どうやって幸音をホテルの部屋に連れ込むか、そのことばかり考えていた。

それに食事をしているときからそうだったが、濃紺の麻のスーツに包まれた、熟れきっているにちがいない裸身を想い浮かべて胸をときめかせていた。幸音は昔からプロポーションがよかったが、いまもそれを保っていた。

「さっきの話だけどさ」

そういって沢崎は話題を変えた。

「幸音、空き家だっていってたけど、まさかご主人が亡くなってからまったく男っ気なしってわけじゃないんだろ？」

変なことを訊かないでといやがられるかと思ったが、意外にも幸音はふっと笑った。

「いやァね、男っ気だなんて。ええ、あったわよ。わたしだって生身の軀ですからね」

食事をしながら飲んだワインといま飲んでいるカクテルの酔いがまわって、さきほど幸音自身いっていた〝構え〟が解けてきたのか、色っぽさが増した表情と挑むような口調でいう。

沢崎は驚くと同時に気をよくしていった。

「生身の軀か、いいねェ。昔の幸音からは信じられない言葉だけど、そういうことをいう幸音のほうがずっと魅力的だよ」

「いやらしくなったっていいたいんでしょ？」

「え⁉」

　思いがけず、的を射た言葉が返ってきたので、沢崎は唖然とした。そして、我が意を得たりという気持ちになっていった。

「そう、それ。いやらしくなれる女は、男にとって魅力的なんだよ。とくに幸音みたいに色っぽくて頭もいい女がいやらしくなれるってのはね」

「なんだか、うまく乗せられてるみたい。沢崎くんて、昔から女性経験が豊富で、女の扱いに慣れてて上手だったみたいだから」

　幸音が色っぽく睨んでいう。

　沢崎は苦笑いしていった。

「そんなの大袈裟だよ。あることないこと一緒になって、変な噂が一人歩きしてただけだよ」

「でもあの頃、人妻と付き合ってたこともあったんでしょ？」

「え⁉　そんなことまで幸音の耳にも入っていたのか」

「ええ。女の子たちいってたわよ、沢崎くんてすごいのよ、なんて」

「白い眼で見られてたもんな、俺。だからわざと、女の子たちにいまならセクハラみたいなことをいったりしてたんだよ」

「でも、わたしはいわれたことなかったわ」

「幸音にはいえなかったんだよ、マジに怒られると思って」

「いってくれればよかったのに……」

幸音はつぶやくようにいうと、カクテルを飲み干した。

沢崎は驚いて訊いた。

「どういうこと？」

「わたし、沢崎くんに、ちょっと興味があったの」

空になったカクテルグラスを手に見つめたまま、幸音が意外なことをいった。

「幸音が俺に……まさか、信じられない」

「わたしが真面目に見えてたからでしょ？　でもホントのわたしは、そんなんじゃなかったの。というか、周囲からそう見られるようにしてただけで、わたし自身、そんな自分が重くて、すごくいやだった。それで沢崎くんのこと、気になってたの」

「でもじゃあ、もしあの頃俺が口説いてたら、俺と付き合ってたか」

「そうね、あの頃のわたしだったら、そのときはきっと、考えたり思ったりしてたこととは反対に拒絶してたと思うわ」

「だろうな。で、いまは？」

自嘲するような口ぶりでいった幸音の耳元で、沢崎はそう囁いた。

え!?——というような戸惑った表情を見せて、幸音はうつむいた。

沢崎は胸をときめかせながら立ち上がった。ホテルのフロントにいってチェックインしてこようと思った。

「ここで待ってて。すぐにもどるから」

「待って。わたし酔っちゃった。酔い醒ましに少し外を歩きたいわ」

そういって幸音も立ち上がった。

3

ホテルを出ると昼間の熱気をはらんだ空気が粘りついてきた。時刻は八時すぎだった。

うまくかわされたな。

沢崎は幸音と並んで歩きながら思った。だがまだあきらめてはいなかった。沢崎が住んでいるマンションはここからタクシーに乗ってもさほどかからない距離にある。ホテルがだめなら自分の部屋に連れ込む手がある、と思っていた。

酔っといっていた幸音だが、足元がふらついているようすはない。表情が少しとろんとして、ますます色っぽくなっているところを見ると、気持ちよく酔っている程度だろう。

沢崎が幸音の肩か腰に手をまわそうかどうしようか迷っているうちに、ふたりはホテルの近くの公園にきていた。

夏の夜この時刻、園内にはまだあちこちにカップルの姿があった。肩や腰に腕をまわして歩いている二人や、ベンチで寄り添っている男女……。

ベンチに座っているカップルのなかには、濃厚なキスをしながら、男の手が女のスカートの中をまさぐったりしている二人もいて、あたりは熱気と艶かしさが入り混じった空気がよどんでいるようだった。

「みんな、盛り上がってるみたいだな」

この雰囲気を利用しない手はないと思いながら沢崎はいって、そっと幸音の肩を抱いた。瞬間、幸音が躯を硬くしたのがわかったが、一瞬だった。

「すごいわね。当てられちゃうわ」

さっきから刺戟(しげき)されていたらしく、幸音はうわずったような声でいって、硬さの抜けた躯を沢崎のほうにもたせかけてきた。

そのまま、沢崎は幸音とベンチに座った。距離にして三メートルほどしかない隣のベンチでは、若いカップルが大胆な行為におよんでいた。

「お隣さん、派手にやってるな。彼女が彼のをしゃぶってるよ」

沢崎は幸音の耳元でわざと露骨な言い方で囁いた。ウソ、と小声を洩らして幸音が隣を見た。

女が男の股間に顔を埋め、ヒップをこちらに向けている。しかもスカートがずれ上がって、パンストの下に赤いショーツが透けた尻が覗き見えている。

その光景に幸音の眼が釘付けになり、驚いた表情がみるみる興奮のそれに変わってきた。

「こっちも若い奴らに負けてられないよ」

沢崎は幸音の耳元で囁き、抱いている肩を引き寄せた。キスしようとすると、幸音はあわてたようすでうつむき、「だめ」と小声でいった。

「俺に興味持ってくれてたんだろ？」

いうなり、沢崎は幸音のインナーの上から乳房をまさぐった。シルクのインナーとブラ越しに乳房を揉む沢崎の手を、幸音の手が拒もうとする。

「だめ」

と、またうわずった小声でいって幸音が顔を起こした。その喘(あえ)ぐような表情を見て、沢崎はキスにいった。

幸音は拒まなかった。それどころか沢崎が差し入れた舌に、すすんでねっとりと舌をからめてきた。

濃厚なキスをしながら、沢崎はインナーの裾から手を侵入させた。かすかに汗ばんでいるような幸音の肌に触れた手を、腹部から胸に向けて上げていき、そのままブラカップの中に差し入れた。

じかに手にした乳房は、ほどよくボリュームがあって、いかにも熟れきった感じの柔らかみが心地いい。

いつからか幸音は性的に昂(たかぶ)ってきていたらしく、もう乳首が硬くしこってツンと勃(た)っている感触があった。

沢崎は手で膨らみを揉むと同時に指先で乳首をくすぐった。

幸音はかすかにせつなげな鼻声を洩らしながら、たまらなさを訴えるように熱っぽく舌をからめてくる。

だが早々にキスをしていられなくなったらしく、顔をよじって沢崎の唇から逃れた。

「すごいな。お隣さんやってるよ」

　肩で息をしている幸音の耳元で沢崎はいった。幸音も隣を見た。

女がベンチに座った男と向き合って腰にまたがっている。ふたりの腰は女のスカートで覆われているが、女の腰の動きでスカートの中の状態がどうなっているかは一目瞭然だ。

「やだ、こんなところで……」

　幸音が小声でいった。人事ながら、さすがにうろたえているようすだ。息も弾んでいる。

「俺たちも、ここでしちゃおうか」

　沢崎が囁くと、

「いやッ、だめッ」

　幸音ははっきりうろたえて声を潜めていい、かぶりを振った。

「じゃあ俺の部屋にいこう」

「そんな……今日久しぶりに再会して、すぐにそんなこと、だめよ」

「だってもう、こんなことをしてるんだよ」

　沢崎はじんわりと乳房をわしづかんだ。

幸音が悩ましい表情を浮かべてのけぞった。

「だめッ」

とうわずった声でいって、沢崎を見る。

だめといいながら、なぜかその眼つきには沢崎を挑発するような艶かしさがある。

沢崎は乳房をつかんでいる手をタイトスカートから覗いている膝に這わせた。

膝を割って内腿(うちもも)に手を差し入れる。その手を、幸音が太腿で締めつけた。

「だめよ、見られちゃう」

「だったら、こうしよう」

沢崎は手を引き上げ、上着を脱いで幸音の腰にかけた。

「これなら、見られてもなにをしているかわからない。ほら、上着が落ちないように持ってろ」

いって上着の下に手を差し入れ、幸音のスカートの中をまさぐった。

幸音は小声で何度も「だめ」といいながら、そのくせ拒絶する意思はないらしく、腰をもじつかせているだけでされるままになっている。

それに沢崎にいわれたとおり、両手でしっかり上着を持っている。そうしないと上着がずり落ちる心配があるからで、これは幸音の両手の動きを封じることにもなって、沢崎にとっては好都合だった。

沢崎の手は熱気がこもっているような内腿の奥に侵入し、パンスト越しにエロティックな感触の股間を撫でまわしていた。

それだけで幸音は性感をかきたてられてたまらなくなってきたらしい。沢崎が手を動かしやすいように太腿を開きぎみにした。

顔を見ると事実、興奮で強張ったような表情になって息を乱している。そうしているうちにスカートがずれ上がっていた。

沢崎はパンストの中に手をこじ入れると、そのままショーツの中にまで差し入れた。

その瞬間、幸音は小さく喘いだだけで拒まなかった。ただ、さすがに恥ずかしいらしく、うつむけている顔が紅潮している。

沢崎は久々に新鮮な興奮に襲われていた。相手はかつての同級生、そしていまは未亡人で、女子大の准教授、しかも熟れてすっかりいい女になっている。興奮をかきたてられる材料には事欠かない。

ワクワク、ゾクゾクしながら、かなり濃密な感じのしっとりとしたヘアに触れている手を、その下に這わせた。

驚いた。ビチョッとしている。生々しい感触のそこは、まるで失禁でもしたように濡れそぼっているのだ。

「すごいな、オシッコ洩らしたみたいだよ」

沢崎は幸音の耳元で囁いた。

「いやッ」

幸音は恥ずかしさのこもった小声を洩らした。見られまいとしてか、顔をそむけている。

沢崎は指の腹でクレバスをこすった。ヌルヌルした感触の中にしこりのようなものが感じられる。乳首と同じようにクリトリスも勃っているらしい。

「いやッ、そこだめッ」

幸音がふるえ声でいった。クリトリスを触られるのは刺戟が強すぎるのか、沢崎の指から逃れようとするように腰をくねらせている。

沢崎は膣口を探り当て、指を挿し入れた。ヌル～ッと滑り込んだ指に、幸音が小さく呻くと同時にのけぞった。

沢崎は驚いた。粘った湯をたたえたような蜜壺が、まるでエロティックな生き物のようにうごめいたかと思うと、ジワ～ッと沢崎の指を締めつけてきたのだ。それもくわえ込もうとする感じで。

「すごいッ。幸音のここ、すごい名器じゃないか。指がしゃぶられてるみたいだよ」

沢崎は興奮して囁いた。

だが幸音のほうはその囁きも耳に入らないようすだ。興奮しきった表情で息を弾ませながら、腰をうごめかせている。

その腰の動きに熟女ならでは官能の深さを想わせる粘りのようなものが感じられて、なんともいやらしい。

それに煽（あお）られて沢崎はズボンのチャックを下ろし、エレクトしているペニスを取り出した。幸音のほうを向いている沢崎の腰も上着で隠れている。沢崎の側の、幸音の手を取ってペニスに導いた。

ペニスが手に触れた瞬間、幸音はハッと息を呑むようなようすを見せた。だがすぐにまた興奮しきった表情にもどると、幸音からペニスに手をからめてきた。

そのまま、沢崎は指で蜜壺をこねたり抜き挿ししたりした。

「アン……ウン……ハン……」

指の動きに合わせて、幸音は腰を律動させながら、きれぎれに苦しそうな短い小声を洩らす。

ただ、律動といっても周囲の眼を気にしてだろう、小刻みな、微妙な動きだ。その動きに必死に快感をこらえている感じがあって、沢崎の興奮を煽った。

そのとき、腰の動きに切迫感のようなものが出てきたと思ったら、幸音が沢崎のほうに上体をひねってもたれかかってきて、ペニスをギュッと握りしめた。

「ああイクッ!」

昂った小声を発して軀を痙攣(けいれん)させながら腰を律動させる。

4

沢崎は会社のデスクに向かって、じっと右手の中指を見つめていた。

そうしていると、幸音の蜜壺の、あのなんとも煽情的(せんじょうてき)な動きが生々しく思い出されて、肉茎(にくけい)が充血してくる。

その指で幸音の名器を味わってからこの四日間、沢崎は悩ましい毎日を送っていた。

というのも、あの日幸音は公園からタクシーで帰ってしまい、それから沢崎が何度誘っても応じてくれないのだ。

沢崎としては、飛び切り美味しい料理をほんの一口味見しただけでお預けを食っているような状態だった。

ただ、幸音がなぜ誘いに応じてくれないのか、その理由はもうわかっていた。

なぜ逢ってくれないのか沢崎が問い詰めると、口では恥ずかしくていえないからメールを送ると幸音がいって、携帯電話でメールのやりとりをしたのだ。

沢崎は携帯電話を手にした。携帯に保存している、幸音とのメールを見た。

（幸音→沢崎）・
私、夫が亡くなってから一人だけ関係を持った男性がいるの。一年位前。相手は私よりも一回り若くて、ある大学でバイオ関係の研究をしてるヒト。彼は独身で、顔がちょっと夫に似てたの。すごく真面目なタイプで、女性経験はあまりなかったみたい。
それで彼とのセックスは、私のほうがリードする感じになったんだけど、私にとってそんな経験は初めてだったから、最初はすごく刺戟的だった。
だけど、そのうち私のほうがリードしてるだけでは物足りなくなって、それで彼に「もっといやらしく、して」って、恥ずかしくてメールにも書けないようないやらしいことを求めるようになったの。

この最初のメールを受け取ったとき、沢崎は衝撃を受けた。もちろん、驚きも半端ではなかった。そればかりか、興奮と興味をかきたてられて、すぐに返信した。

（沢崎→幸音）

いやらしいことってどんなこと？　もう幸音の名器を知っている（指でだけだけど）俺には、恥ずかしがらずに教えてくれ！

（幸音→沢崎）

思いきって書くわ。私が彼に求めたのは、SMっぽいこと。ハードな行為ではなくて、恥ずかしい格好に拘束されて弄ばれたり、いやらしいことをいわれたりいわされたりするみたいなことなの。いやだわ、恥ずかしい！　沢崎くんが驚く顔が眼に浮かぶわ。

（沢崎↓幸音）

幸音がそんなことを求めたなんて信じられない。でも、それ以上に興奮したよ。

そんな願望、いつからあったの？　ご主人とSMっぽいことをしてたわけ？付き合った彼は幸音の願望を叶えてくれたの？

（幸音↓沢崎）

主人とのセックスは至ってノーマルだったの。SMっぽい願望は、主人が亡くなってから三年近くフラストレーションに耐えている間、いろいろ性的な妄想をかきたてられているうちに生まれてきたみたい。

ええ、彼は私の願望を叶えてくれたわ。でも彼との関係は、半年位で終わったの。彼がアメリカの大学に留学することになって……。

（沢崎↓幸音）

じゃあ俺が彼の代わりになるよ。幸音だって俺と会ったのは、少しはそういう気持ちがあったからだろ？　俺、喜んで彼の代わりをさせてもらうよ。ね、会おうよ、会ってくれ！


（幸音→沢崎）

正直いって、沢崎くんが彼の代わりになってくれたら……なんて思ってたわ。でも迷ってたの。それで、公園であんなことになっちゃったんだけど、やっぱり、沢崎くんには彼の代わりになってもらえない……。なぜかって、同級生って、恥ずかしさがちがうのよ。だから、もう会わないと決めて、こんな恥ずかしいメール書いたの。お願い、私の気持ちわかって。


そのメールが最後だった。

沢崎は携帯電話をしまって席を立った。会社を出ると、タクシーで幸音が通勤に利用しているというＪＲ四ツ谷（よつや）駅に向かった。

先日幸音と会ったとき聞いた話では、彼女が大学から帰るのは大抵、五時から六時頃だということだった。

果たしてこの日もその時間帯に帰るのかはわからない。それでも沢崎は待ってみるつもりだった。

ほぼ五時きっかりに四ツ谷駅に着いて、幸音が准教授をしている女子大がある側の改札口が見える場所で待機した。

まるでストーカーだな。

内心自嘲しながら、引け時で大勢の通勤通学客が通っていくのを見ているうち、沢崎の心臓が跳ねた。

待ち人がやってきたのだ。この日の幸音は、白いスーツに水色のインナーを覗かせていた。

改札口に向かっていく幸音のあとから、沢崎は胸をときめかせながらついていった。

ホームは帰宅ラッシュの人であふれていた。

幸音は阿佐ケ谷に住んでいるといっていたから、電車の乗車区間は、ＪＲ中央線の阿佐ケ谷・四ツ谷間のはずだった。

ほどなくホームに、高尾行きの快速電車が入ってきた。

沢崎は幸音のあとについて電車に乗った。そのとき幸音がようやく沢崎に気づき、沢崎が笑いかけると、驚きうろたえたような表情を見せた。

満員すし詰め状態で身動きもままならない車内で、ふたりは向き合って立った格好になった。沢崎がそうなるように仕向けたのだ。

否応なく、まるで抱き合っているような状態になって、幸音はますますうろたえたような表情をしてうつむいている。

電車が四ツ谷駅を出てすぐ、沢崎は手をふたりの間に差し込み、大胆にスカートの中に入れた。

太腿を這い上がっていく手に、幸音が怯えたような表情で沢崎を見て、だめ、というように小さくかぶりを振った。あからさまに拒むことはほかの乗客の手前できないのだ。

それをいいことに、沢崎は太腿の付け根まで手を這わせて、パンスト越しに秘めやかな部分を撫でまわした。

こんもりとした肉丘の盛り上がりとザラついたヘアの感触に、みるみるペニスが充血してきた。

ペニスは幸音の下腹部に当たっている。幸音もそれを感じているはずだ。

エレクトしたペニスを感じながら、恥ずかしい肉丘とヘアを撫でまわされているからか、うつむいたままの顔が上気してきている。

沢崎は手を太腿の間にこじ入れた。幸音はされるままになっている。

下着越しに感じる柔らかくてふっくらとした秘苑（ひえん）は、熱をおびているようだった。

公園のベンチで初めてそこに触れたとき、まるで失禁したように濡れていたのを思い出しながら、沢崎は下着越しにクレバスのあたりを指先でなぞった。

幸音は、一年前にはじまった男との関係は半年で終わったとメールに書いていた。

ということはこの半年、セックスをしていないことになる。四十すぎの熟れきった軀で、しかもあの感じやすい名器で半年もセックスしていないとなると、相当欲求不満が溜まっているはずだ。

失禁したような濡れ方も、沢崎の指だけでイッてしまったことも、そのせいにちがいない。

そう思いながら沢崎が指で繰り返しクレバスをなぞっているうちに、幸音はたまらなくなってきたらしい。昂った顔つきになって、かすかに息を乱しながら微妙に腰をうごめかせている。

下着の感触も、なんとなく湿っぽくなってきていた。

5

部屋に入るなり、幸音は昂った喘ぎ声を洩らして沢崎に抱きついてきた。というよりしがみついてきた。

沢崎は中野(なかの)駅で幸音を電車から下ろすと、そのまま駅前にある自分が住んでいるマンションに彼女を連れてきたのだ。

沢崎の痴漢行為で立っているのがやっとというほど刺戟された幸音は、拒むどころか口もきけないようすだった。

その興奮が、沢崎の部屋に入ったとたんに弾(はじ)けたようだ。

沢崎は幸音を抱きとめて唇を奪った。すぐにたがいに貪(むさぼ)り合うような激しいキスになった。

沢崎はキスをつづけながら、両手で幸音のタイトスカートを引き上げ、むっちりとしたヒップを引き寄せて揉みたてた。

「ウフン、フウン……」

幸音がせつなげな鼻声を洩らして腰をくねらせる。

早くもふたたびエレクトしてきたペニスに、幸音みずから下腹部をこすりつけている感じだ。

それどころか、それだけでは収まらなくなったらしく、幸音のほうから手をふたりの間に差し入れて、ズボン越しにペニスをまさぐってきた。

ふたりはまだ玄関を入ったばかりのところに立っている。ここで行為を中断するのは、発情している幸音に水を差すようで考えものだと思ったが、致し方なかった。

沢崎は靴を脱ぐと幸音を抱え上げた。幸音が悲鳴をあげて両腕を沢崎の首にまわした。そのまま、沢崎は部屋に上がって寝室に向かった。

寝室に入って幸音を下ろすと、「ひどい！」と幸音は興奮で潤んだ眼で沢崎を睨んで足をバタつかせて、まだ履いたままのパンプスを脱ぎ落とした。

「ああでもしなければ、恥ずかしがり屋の先生はその気になってくれないと思ってね」

沢崎は笑いかけていいながら、幸音のスーツの上着を脱がせた。水色のインナーはタンクトップで、ヌメ白いきれいな肌の両肩が露出している。

「セクシーな先生だな」

沢崎が胸をときめかせながらタイトスカートに手をかけると、

「あ、自分で……」

幸音がそういって沢崎の手を制した。

「俺に脱がさせてくれ。女を脱がすのは、ある意味、男の最高の愉(たの)しみなんだ。とくに初めての女のときはね」

「そんな……」

幸音が色っぽい笑みと眼つきで沢崎を睨む。

沢崎はあらためて胸をときめかせながら、タイトスカートを脱がしにかかった。

幸音はされるままになっている。

もとよりプロポーションのよさはわかっていたが、あらわになった下半身は、肌色のパンストの下に薄いピンク色のショーツが透けている豊かな腰部(ようぶ)といい、脚線美といい、まさに美と熟れがみごとにミックスして息を呑むほどの悩ましさだ。

さらに沢崎はインナーを脱がせ、ついでショーツと同じ色のブラを取った。そして、両腕で乳房を隠している幸音の前にしゃがんでパンストを脱がせると、ショーツだけはそのままにして立ち上がった。

すると、入れ代わるように幸音が沢崎の前にひざまずいた。

驚いたことに、脱がされているうちに興奮がさらに高まってきたのか、さっきよりも昂ったような表情で沢崎の股間を凝視したまま、もどかしそうな手つきでズボンのベルトを弛め、ついでチャックを下ろした。そして、ズボンをパンツごとずり下げた。

同時に、勃起している肉茎が弾んで露出した。

「アアッ……」

幸音はふるえをおびたような喘ぎ声を洩らした。目の前の怒張を食い入るように見たまま、亀頭に口をつけてきた。

眼をつむると、舌をからめてきて、ねっとりと舐めまわす。その顔にみるみる陶酔の色がひろがっていく。

「ペニスは久しぶりだろ？　半年ぶりか」

ゾクゾクする興奮と快感をこらえて幸音を見下ろしたまま、沢崎が上着を脱ぎながら訊くと、幸音はうなずき、亀頭に唇を被せてきた。

未亡人の准教授は、怒張をくわえると、顔を振ってしごきはじめた。まるでその感触を味わうかのように。

それを見ながら、沢崎は手早く着ているものを脱ぎ捨てた。脚にかかっているだけのズボンとパンツも脱いで裸になると、その間もフェラチオしていた幸音がようやく口を離した。

興奮の酔いがまわったようになっている幸音を立たせて、ベッドに座らせた。枕の下に、このときのためにアダルトショップで買ってきておいた綿ロープとバイブレーターを隠していた。

「いやらしく、してほしいんだろ？」

「知らない……」

幸音は顔をそむけてすねたようにいった。

「俺が元彼よりもうんといやらしいことしてよがり泣きさせてやるよ」

いいながら沢崎はベッドに上がって幸音の後ろにまわると、枕の下からロープを取り出した。

「ほら、両手を背中にまわすんだ」

沢崎が命じると、幸音の後ろ姿にハッとしたような気配があった。そして、幸音はおずおずと両手を背中にまわす。

沢崎はこれまでSMっぽいプレイをしたことはなかった。だから女を縛るのも初めてだった。

その初めての女が幸音なのだ。新鮮な刺戟にくわえて、興奮の抑えようもなかった。

まず手首を縛り、ロープを前にまわし、乳房の上下にかけて膨らみを絞り出すと、

「アア～……」

幸音は感じ入ったような声を洩らして息遣いを乱しはじめた。

つぎに沢崎は幸音を仰向けに寝かせ、悩ましく張った腰からショーツを抜き取った。

全裸になった幸音は軀をくの字にして、下腹部を隠している。

「どれ、いい格好に縛って、幸音の名器をじっくり拝ませてもらおうか」

「いやッ。やめてッ」

勿体(もったい)ぶっていった沢崎だが、いやがる幸音の声やようすもなんとなく芝居がかっている感じだ。

沢崎はまず幸音の膝を別々に縛った。そして、嬌声(きょうせい)といってもいい声でいやがる幸音の両脚を派手なM字状に開いて拘束した。

「アアンいやァ、見ないでッ、だめ〜」

顔をそむけた幸音が恥ずかしさのためか興奮のためかわからないような——おそらくその両方だろう——表情と声でいいながら、腰をもじつかせる。

これ見よがしにあからさまになっている秘苑は、想ったとおりヘアが濃密で、熟成した肉片を想わせる秘唇がパックリと口を開けて、秘唇のややくすんだ灰褐色とは対照的にきれいなピンク色のクレバスを露呈している。そして、クレバスばかりか、肉びらの周りのヘアまで蜜にまみれている。

その淫猥で煽情的な眺めに眼を奪われたまま、沢崎は幸音のメールを思い出していた。

『恥ずかしい格好に拘束されて弄ばれたり、いやらしいことをいわれたりいわされたりしたい』

そのとおりにしてやると胸の中でつぶやいたとき、露呈しているクレバスの膣口のあたりが生々しく収縮しているのに気づいた。

沢崎は幸音の内腿に手をかけた。そろりと秘苑に這わせていく手に徐々に息遣いを激しくさせ、幸音がふるえをおびた喘ぎ声を洩らして腰をくねらせる。

そのとき、クレバスからあふれた蜜がとろとろと会陰部に流れ落ちた。熟れきった未亡人のよがり泣きを予感させるかのように。

惑乱海道

1

「わァ、きれい！」

夜の〝しまなみ海道〟を南に向かって走っているオープンカーの助手席で、野沢綾が感動の声をあげた。

「これが多々羅大橋ね。完成時には世界一の斜張橋だったってことだけど、ホント、巨大なハープみたいな形をしてる」

「よく知ってるね」

「にわか仕込み。来る前にちらっと、ネットで調べたの」

「さすがヤリ手のキャリアウーマン、手抜かりがない」

「いやだわ。それくらいのこと、いまどきだれだってするわよ。それにヤリ手のキャリアウーマンなんて言い方、厭味だわ」

「厭味？」

「ええ。少なくとも、いまのわたしには」

ちらっと、高見雅人は綾を見た。自嘲する口振りでいった綾は、風に髪を嬲られながら、苦笑いしているような表情で前方を見ていた。

「それよりこの眺め、幻想的だわ。なんだか別世界に入っていってるみたい」

綾が弾んだ声でいった。ロードスターは多々羅大橋を渡りはじめていた。

橋のはるか下方に黒い海がひろがり、その向こうに黒い島影が連なっている。闇の中に照明を浴びて浮かび上がっている巨大な斜張橋の上を車で走っていると、確かに彼女のいうような気分になる。

ただ、ロードスターを運転している高見雅人は、それとはべつのことも感じていた。別世界に入っていってるみたい――と綾がいうのを聞いたあとふと、それは彼女自身の願望ではないか、という気がしたのだ。もっとも思い過ごしかもしれないが。

綾から高見に久しぶりに電話がかかってきたのは、一昨日のことだった。

彼女からの電話は、二年前に高見が〝しまなみ海道〟の中程にある大三島に東京からUターンしてきた当初、一度あったきりで、以来、高見から電話をかけたことはなかったし、高見が上京した際も会う機会がなかったため、音信不通の状態だった。

一昨日の電話で、お互いの近況を話したあと、綾はいった。

「じつは突然なんだけど、明後日そっちに行きたいと思ってるの。といっても高見さんに迷惑じゃなくて、都合がよければってことなんだけど……」

電話と同じく、突然の話に、高見はいささか驚かされた。そして胸がときめくのをおぼえながらいった。

「迷惑どころか大歓迎だよ。それにしても、どういう心境でそんな気になったんだ？」

「心境というより衝動かな。ちょっと旅に出たい、東京を離れたいって。そう思ったら高見さんの顔が浮かんできたの」

「そりゃあ光栄だな。愉しみにしてるよ」

高見はそういって綾の予定を訊いた。

金曜日に仕事が終わってから大三島にきて、二泊して日曜日に東京に帰る予定で、宿泊は大三島のホテルを予約してほしいと彼女はいった。

島にはホテルがないので旅館になるけれど、それよりも、かまわなければ家に泊まればいい。高見がそういうと、意外にも綾はすんなり応じた。かまわなければといったり、意外にもと思ったりしたのは、高見は独身だが彼女は人妻だからだった。

高見と綾の付き合いは、もう十年ちかくなる。といっても肉体関係を伴った付き合いではない。高見が東京にいたときの行きつけの飲み屋で親しくなった〝飲み友達〟である。

いま高見は五十二歳、綾は三十四歳。それだけ歳の開きがあっても、長い付き合いの間に綾は高見に友達のような口のきき方をするようになっていた。

高見が出会ったとき綾はまだ二十四歳だったが、すでにS省の役人で、T大出のキャリアと呼ばれるエリートだった。

当時の綾の印象は、真面目とか堅実という言葉がぴったりのタイプで、彼女自身そんな自分を持て余しているようだった。酒に酔った彼女からそれらしいことを、いつか高見は聞いたことがあった。

そういう殻を破ろうとしてアルコールを口にする。ところがその殻は硬く、酔っても——というよりも酔うこと自体にブレーキがかかって、容易に破れない。一緒に飲んでいると、それをもどかしがっているようなところがあった。

そんな綾が高見にとって魅力のない女だったわけではない。自分の手で殻を破ってやりたい、殻から抜け出た彼女を見てみたいと思う気持ちが少なからずあった。

ところが当時の高見は離婚したばかりで、深刻なことになりかねない女との関係だけは避けたいという気持ちが強く、それに気楽に付き合える女もいて、綾に対して積極的になれなかったのだった。

そのうち綾は少しずつ変わってきた。真面目とか堅実とはまったく対極にあるタイプの高見やその店の常連たちと飲んでいるうちに徐々に柔らかくなってきたのだ。

そのせいもあったのか、やがて綾は結婚した。高見がUターンする一年あまり前のことで、披露宴には高見や飲み友達も出席した。

新郎は綾より三歳年上の、有名な大学病院の優秀な外科医で、S省の女性キャリアにとっても遜色（そんしょく）ない相手だった。

それから三年あまり……。

今夜およそ二年ぶりに会った綾は、かなり疲れているようだった。仕事が終わってその足で新幹線に乗り、四時間ほどかかって新尾道（しんおのみち）駅に降り立ったのだから無理もないが、高見に向ける笑顔や表情以外の顔に、それだけとは思えない疲れの影があった。

そう高見が感じたのは、綾が電話でいっていた、ちょっと旅に出たい、東京を離れたいということの裏に、なにか深刻な事情があるにちがいないと思っていたせいかもしれない。

第一、課長補佐というポストにあって多忙な日々を送っているはずの彼女が、ただ衝動的にそういう気持ちになったというだけで、わざわざ瀬戸内くんだりまでやってくるとは思えなかった。

いまもそのことを考えながら、ショートカットのヘアスタイルが似合う美人官僚をちらちら見ていると、気持ちよさそうな表情で、しまなみ海道を大三島インターで下りて島の海岸線を走っているロードスターの前方を見ていた。

「いい所ね。昼間もステキなんでしょうけど、夜のこの感じ、ロマンティックだわ」

綾がいった。街灯が点在するリゾートらしい海岸通りの眺めをそう感じたらしい。

「いままでロマンティックなんて思わなかったけど、俺もいま初めてそう感じたよ。なぜだかわかるかい？」

高見は前を向いたまま訊いた。

「なぜ？」

「隣に美人の人妻がいるからだよ」

クスッと綾が笑った。

「高見さん、結婚しないの？」

「ああ。我慢とか努力とかが大の苦手だからね。もともと結婚には不向きなんだよ」

高見は苦笑していった。本音だった。

「我慢とか努力とか、か。確かにそれは必要よね。でも、それ以前の問題だってあるわ」

綾が独り言をいうような口調でいう。

高見は綾を横目で見た。ここまでには見なかった深刻な表情をしている。

「なにか、そういう問題でもあるのか」

「え？　ううん、そういうわけじゃ……それよりも高見さん、もう何年も独身だけど、当然いいヒトいるんでしょ？」

綾があわてたようにいって、話の矛先(ほこさき)を変えた。

高見は綾を見ずに真顔でいった。

「いるよ、自慢じゃないけど何人も。自分でいうのもなんだけど、どうしようもなくスケベで女好きだからね」

スケベで女好きは本当のことで、いままでそれなりに女関係があった高見だが、何人も女がいるというのは冗談で、いまのところは上京したときに寝ることができる女が一人いるだけだった。

「相変わらずね」

綾がおかしそうにいった。

「わたし、そういう高見さんて好き。前からそうだけど、高見さんの話聞いてるとなんだかふっきれたみたいな気持ちになって、元気が出てくるの。それで会いたくなったのかも……」

「それだけか。俺に会いたくなった、もっと色っぽい理由はないのか」

「やだ、からかわないで。だって高見さん、いいヒトいっぱいいるんでしょ。わたしが泊めてもらうのだって迷惑じゃないの？」

「大丈夫。幸いこの島にはいないんだよ、地元ではおとなしくしてるから」

笑っていったとき、前方の海際に平屋建てのコンクリート住宅が見えてきた。

そこが画家の高見の住まいだった。

2

爽やかな秋の朝の陽射しが降り注ぐなか、高見はキッチンと芝生の庭を行き来して朝食の準備をしていた。

朝食といってもいつも高見が摂っている、トーストにバナナ入りのヨーグルトと牛乳という簡単なものだった。

高見の自宅は、リビングルームを挟んでその片側にダイニングキッチン、それにアトリエと寝室、そして反対側に客室があって、そのどこからも芝生の庭とその向こうの海が見えるようになっている。

昨夜綾は、庭の照明に浮かび上がったその眺めをリビングルームから見て、

「リゾートホテルにきたみたい」

と感動していた。

彼女はひとまず風呂に入り、そのあと高見とワインを飲んだ。

そのとき高見が、

「ダンナにはなんていってきたの？」

と訊くと、

「週末、ちょっと旅行してくるって……」

綾は気のない表情でいった。

「それだけ？」

「ええ」

「行き先は？」

「いわなかったわ。野沢も訊かないし……」

高見は呆気(あっけ)に取られて訊いた。

「訊かないって、どういうこと？」

「わたしたち、そういう夫婦なの」

綾は自嘲の笑みと口調でいうと、グラスに半分ほど残っていたワインを一気に飲み干した。

綾たち夫婦の間になにか深刻な問題があるらしい。そう思ったが高見は詮索するのはやめた。夫婦のことに他人が口出しすべきではないし、それよりも疲れているようすの綾を早く休ませてやろうと思ったのだった。

朝食の準備ができて綾を呼びに行こうとしたとき、ちょうど彼女がリビングルームに現れた。薄紫色のポロシャツに白いパンツスタイルで、昨夜のスーツ姿とは打って変わってラフな格好だった。

綾のそういう格好を見るのは、高見にとって初めてだったので新鮮だった。それにプロポーションがいい綾には、パンツスタイルもよく似合っている。

綾がまぶしそうに眼を細めながら庭に出てきた。朝食は庭のテーブルの上に載っていた。

おはよう、とふたりは声をかけ合った。テーブルにつくよう、高見は綾をうながした。朝食まで用意してもらって……と綾は礼をいい、ふたりは食事をはじめた。

「どう、よく眠れたかい？」

高見は訊いた。

「ええ、ぐっすり。景色も空気もいいし、おかげさまでこんな爽やかな朝を迎えたの、久しぶりよ」

綾が周りの空や海を見まわしながらいった。その言葉どおり、薄いメイクをした顔は、昨日の疲れたようすとはちがって溌剌（はつらつ）としている。

純日本的というか、古風な感じの顔立ちをしている綾に笑いかけながら、高見はいった。

「そりゃよかった。俺はまた、俺に夜這いされるんじゃないか、襲われるんじゃないかと不安になって、なかなか眠れなかったんじゃないかって心配してたんだよ」

「やだ、高見さんたら朝からヘンな冗談を……あ、でも、てことは高見さん、わたしを襲おうかなんて考えてたの？」

冗談めかして訊く綾に、高見は笑い返していった。

「俺も男だからね。実際にするしないはべつにして、襲ったら綾はどうするかな、なんて想像ぐらいはするさ」

「でも本当は、わたしなんて襲う気にもならないって思ってたんでしょ？」

「どうして？」

「だってわたし、そういう魅力のない女ですもの」

綾は苦笑いして自嘲する口調でいった。

「そんなことはないさ。そういう魅力がないどころか大ありだよ。どうしてそんなことをいうんだ？」

「どうしてって……」

いいよどんで綾はうつむいた。

「事実そうなんですもの。だったら高見さん、襲ってくれればよかったのよ」

硬い表情で投げやりな口調でいう。

高見は意表を突かれていた。

「驚いたな、綾がそんなことというとは。でもマジなのか？　今夜もう一晩あるんだからホントに襲っちゃうぞ」

綾が高見を真っ直ぐに見返した。激しい感情が燃えているような眼の色に、高見は気圧(けお)された。


朝食をすませたあと高見は、庭先の海に係留しているプレジャーボートに綾を乗せて沖に出た。ふだん高見が釣りや海のドライブを愉しんだりしている、定員四人乗りの小型ボートだった。

ボートが波一つない穏やかな海の上を腹の底に響くエンジン音をたてて疾走しはじめると、操舵席(そうだせき)の後ろのベンチシートで綾が歓声をあげた。

「気持ちいいわァ。スカッとする！」

高見が振り向くと、風を顔に受けてうっとりしている。

「車で走ってるのとはちがうだろ？」

「ええ、全然。道路と海のちがいかしら。すごく開放的な気分になっちゃう。高見さんがUターンした気持ち、わかるわ」

「綾もこっちにいる間は開放的な気分を愉しむといい。どうもそういうことを必要とする精神状態のようだからね」

そういって高見はまた後ろを振り向いた。眼が合った綾が、なんとなくうろたえたような表情を見せてうつむいた。高見のいったことが当たっていたのかもしれない。

高見はボートのスピードを上げた。そのまま疾走しながら、綾に海の上から多々羅大橋を見せたり、その下を通り抜けたりして彼女に歓声をあげさせ、さらに付近の島を回りはじめた。

3

「綾も操縦してごらん」

高見はボートのスピードを落としていった。あたりにほかの船はいなかった。

「でも怖いわ」

「大丈夫だよ、俺がついてるから」

高見はボートを止め、綾に向かって手を差し出した。綾は一瞬逡巡するようすを見せたが高見の手につかまり、立ち上がった。

高見も立ち上がった。　自分とステアリングホイールの間に綾を立たせ、両手で舵（かじ）を握らせた。　そしてボートをスタートさせ、綾の両手に両手を添えた。

「ワァ、すごい！　後ろに乗ってるのとは全然ちがうわ」

興奮したような声をあげた綾だが、すぐに軀を硬くするのがわかった。後ろから高見に抱かれた格好になっているからだった。しかも彼女のむちっとしたヒップに、高見の股間が密着していた。

高見はボートのスピードを上げた。同じ場所でボートを大きく旋回させる。エンジン音が響き、船体が弾む。それに合わせてふたりの軀が律動し、ヒップと股間がこすれ合って、みるみる高見の分身は充血し強張ってきた。

ここまでは高見の思惑どおりの展開で、あとは綾の反応しだいだった。もとより高見は無理強いするつもりはなかった。

当の綾は、高見の強張りを感じてだろう、ヒップをもじつかせている。

高見はボートを止めた。エンジンを切り、綾の両手を握りしめた。

綾は息を乱し、大きく肩で息をしている。

高見は両手で綾の胸を抱いた。

「だめ」

綾がうわずった声を洩らして高見の両手をつかんだ。

「いやか」

耳元で訊くと、綾はいやとはいわない。

高見は両手でバストを揉んだ。ポロシャツとブラ越しに生々しい肉の感触がある。

「アン、だって……」

綾が艶（なまめ）かしい声を洩らす。拒む意思はなさそうだ。彼女の両手は高見の手から離れ、ステアリングホイールをつかんでいる。

それにさっきから高見が意識的に強張りをヒップに押しつけこすりつけていると、彼女のほうもその感触を求めるかのようにヒップをくねらせている。

高見はポロシャツの裾から両手を差し入れてブラを押し上げ、じかに乳房をわしづかみにした。瞬間、のけぞった綾が昂（たかぶ）ったような声を洩らした。

わずかに汗ばんだような乳房は、ほどよくボリュームがあって、張りも弾力もある。その膨らみを両手でやわやわと揉むと、綾が艶かしい喘ぎ声を洩らす。

高見は片方の手で乳房を揉みながら、一方の手を綾の股間に這わせた。パンツ越しに股間を撫でまわし、ジッパーを下ろそうとした。

「いや、だめ」

綾があわてて制した。

「どうして？」

「こんなとこ、いや」

綾はかぶりを振った。

「じゃあどこならいいんだ？」

「いや、いじわる！」

綾はすねたような口調でいった。

「船の上なんて、そうそう体験できないよ」

「そんな……だって、人に見られちゃうわ」

「大丈夫。このあたりは滅多に船はこないんだ」

いうなり高見は綾を向き直らせ、唇を奪った。

綾はかすかに呻き、高見を両手で押しやろうとした。が、すぐに高見に抱きついてきた。

高見は綾の柔らかい唇を割って舌を差し入れ、彼女の舌にからめていく。綾も舌をからめ返してきながら、せつなげな鼻声を洩らす。下腹部に突き当たっている高見の強張りにも刺戟されているらしく、たまらなそうに腰をもじつかせている。

高見は唇を離すと、また綾を後ろ向きにした。立った状態のときはそのほうが女は攻略しやすいからで、狭い場所に立っているいまはなおさらそうだった。

ショートヘアの綾の首筋に唇を這わせながら、片方の手をポロシャツの下に入れて乳房を揉み、一方の手でパンツのジッパーを下ろす。

綾は狂おしそうにのけぞって喘ぎながら腰をくねらせているだけで、こんどはいやがらず、されるがままになっている。

乳房を揉んでいる手に乳首が勃起してきているのを感じながら高見は、綾の下着の中に手を差し入れた。パンストを通過してショーツの中に侵入した手に、思いがけず濃密なヘアが触れた。

「いや……」

さらに股間に分け入ろうとする手を、綾がうろたえたような小声を洩らして太腿を締めつけて拒んだ。

高見は濃密なヘアを手で撫でまわすと同時に勃起した乳首を指に挟んでこねながら、唇で耳を弄(もてあそ)び、さらに舌を耳の穴に差し入れた。

「あんッ」

ふるえ声を発して綾がのけぞった。直後、ふっと太腿の締めつけがゆるみ、高見の手が股間に侵入した。

生々しいモノが手に触れた。女性器の感触だけではない。女蜜(にょみつ)が股間一帯にあふれている。

「すごいよ。グッショリだ」

「いやッ、いわないでッ」

耳元で囁いた高見に、綾が恥ずかしくていたたまれないというような声でいってかぶりを振る。

それだけで高見は手を引き揚げ、綾のパンツを脱がしにかかった。秘部の状態を知られたからだろう。高見の計算どおり、綾はずっとされるがままになっている。

パンツを脱がした高見は驚いた。肌色のパンストの下に穿いている同じ色のショーツがシースルーのため、尻のまるみばかりか割れ目まで透けて見えているのだ。

「たまらないな、このむちむちしたヒップ。それにこの下着。S省の人妻キャリアがこんな刺戟的な下着をつけてると思ったら、ますますそそられるよ」

「やだ、やめて……」

いいながら両手でヒップを撫でまわす高見に、綾が身悶えながら戸惑ったような声で訴える。

高見は興奮を煽られながらパンストとショーツを下ろしていって、ローヒールの黄色いパンプスと一緒に脱がした。

ついで立ち上がると、手早く自分も下半身裸になり、綾を向き直らせて抱き寄せた。

「ああッ——!」

昂ったふるえ声を洩らした綾が、腰をくねらせる。むき出しの下腹部に勃起した生のペニスが突き当たっているからだろう。

「だめよ。万が一、ほかの船がきて、見られたらどうするの」

明らかに興奮のためとわかる強張った表情で、息を弾ませながらいう。

「そのときは見せてやればいい」

いって高見は唇を奪った。高見の舌を迎え入れるようにして綾のほうから積極的に舌をからめてくる。しかも下腹部をペニスにすりつけるようにして甘い鼻声を洩らしながら。

まるで発情したようになった綾に高見が驚いていると、さらに驚かされた。唇を離した綾がそのまま高見の前に崩れるようにしてひざまずいたかと思うと、興奮しきった顔つきでペニスを手にして舌をからめてきたのだ。

高見は啞然として綾を見下ろしていた。綾がペニスをまんべんなく舐めまわしているのを見て啞然としていたわけではない。彼女ももう三十四歳になる人妻なのだから、そのぐらいのことをしても驚くほどのことではない。それよりも彼女のほうからすすんでフェラチオをしてきたことが高見にとっては驚きで、それがまだ尾を引いているのだった。

それもすぐに快感と興奮に変わった。ペニスをくわえた綾が悩ましい鼻声を洩らして顔を振りはじめたからで、しばしその甘美な快感を味わってから高見は腰を引き、彼女を抱いて立たせた。

興奮がアルコールの酔いのように全身にまわっているのか、綾はドキッとするほど凄艶な表情になって、立っているのがやっとという状態だ。

そんな綾を、高見は船尾のベンチシートに座らせると、その前にひざまずいて膝を割り開いた。

「アッ、だめッ」

綾があわてて両手で股間を押さえた。閉じようとする両膝がぶるぶるふるえている。

「手をどけて。こんどは俺が舐めてあげるよ」

「だめッ」

うろたえたようにかぶりを振る。

高見は自分の肘で綾の片方の膝をブロックして、空いた手で彼女の股間の手を無理やり引き剝がした。

「いやァ！」

恥ずかしさが弾けたような声を放って綾は両手で顔を覆った。

初めて見る綾の秘苑が高見の前にあからさまになった。穏やかな陽射しを浴びて濃密なヘアが黒く光り、その下に露呈している薄い唇に似た肉びらも、蜜にまみれて鈍く光っている。

　生々しい秘苑の眺めと、昼間ボートの上で下半身裸で股を開いているあられもない綾の姿に、高見は興奮をかきたてられながら、両手で肉びらを分けた。

　ぱっくりと肉びらが開くと同時に綾が軀をヒクつかせた。

「アアッ、だめ……」

　ふるえ声を洩らして身をくねらせる。

　クリトリスも膣口も露出している。すでにクリトリスは勃起している感じで、ピンク色の生々しい粘膜が綾の荒い息遣いと一緒に収縮を繰り返し、そのたびにジュクッと蜜をあふれさせている。

　そこに高見は口をつけた。とたんに綾が言葉にならない声を発して腰を跳ねさせた。

　さきほど高見が舐めてやるといったときは、おそらくひどく濡れていたからだろう、うろたえたようすでいやがった綾だが、いまはそんな余裕もなく、クリトリスをこねまわす高見の舌に、すぐに艶かしい喘ぎ声を洩らしはじめた。

　クンニリングスをつづけながら高見は上目遣いに綾を見た。

　いつのまにか両手を顔から離してボートの縁をつかみ、きれぎれに泣くような喘ぎ声を洩らしながら悩ましい表情で繰り返しのけぞっている。

それに快感が高まってきたらしく、たまらなそうに腰をうねらせている。

高見はクリトリスを強くこねまわした。綾の感泣(かんきゅう)が切迫してきた。それに合わせて高見の舌が激しくクリトリスを弾く。

綾が一際昂った喘ぎ声を放ってのけぞった。絶頂を訴えてよがり泣きながら腰を振りたてる。

高見は立ち上がった。興奮しきった表情で息を弾ませている綾を立たせて、かわりに高見がベンチに座り、膝にまたがるよう彼女をうながした。

綾と同じく下半身むき出しの高見のペニスは、クンニリングスで綾がイッたときから、さきほど彼女のフェラチオを受けていきり勃(た)っていたのと同じ状態になっている。

綾が高見につかまって膝をまたいだ。付近に船はいなかったが、ボートの上でセックスしようとしていることにも、もはやためらいはないようすだ。それどころか屋外ということに刺戟され興奮を煽られてもいるようだ。欲情しきった表情で高見が手にしているペニスを凝視したまま、腰を落としてくる。

亀頭が濡れた肉びらに触れた。高見は亀頭でクレバスをまさぐった。

クチュクチュと生々しい音が響き、綾がふるえをおびた喘ぎ声を洩らす。ヌルッと亀頭が膣口に滑り込んだ。

瞬間、息を呑んだような気配を見せた綾が、そのままゆっくり腰を落とす。ヌルーッとペニスが熱く潤んだ蜜壺に侵入する。腰を落としきると、綾が昂った喘ぎ声を洩らして高見にしがみついてきた。

「アアッ、いいッ!」

腰をくいくい振りたてる。

「どこがいいんだ? いってごらん。人妻なんだから、こういうときのいやらしい言い方は当然知ってるし、いったこともあるだろ?」

綾の律動に合わせて高見は腰を突き上げながらいった。

「知ってるわ。でも、そんなこと、いったことなんてないわ」

綾が息を弾ませながらいう。しがみついている綾を引き離して高見は顔を覗き込んだ。

「そりゃあまた、ダンナとはずいぶん上品なセックスしてるんだな。でもスケベな俺とするときはいってもらいたいな。それにいったことがないと聞いたら、ますます綾が初めてそういうことをいうのを聞きたい」

「いやッ、ひどいッ」

綾はすねて顔をそむけた。

高見が腰を突き上げながら、ポロシャツを引き上げてブラからこぼれ出ている乳房を両手で揉みたてた。

綾が高見の肩につかまって夢中になって腰を振る。

「アアッ、だめッ。アアンいいッ。グリグリ当たってる！　アアッ、オ◯◯コいいッ！」

亀頭と子宮口の突起が激しくこすれ合っているのがたまらないほどよくて、その快感が綾に初めて卑猥な言葉を口走らせたようだ。

「ああ、綾のオ◯◯コいいよ。すごくいい味だ」

「アアンもうだめッ。イッちゃう！　ね、一緒にイッて！」

あからさまな言葉で一層興奮を煽られたらしく、綾がまた高見にしがみついてきて、狂ったように腰を振りたてる。

「おいおい、ボートを沈める気か。これで死んじゃったなんてシャレにもならないぜ」

「いいの。もうどうなったっていいッ」

笑っていった高見の冗談も、もはや綾には通じない。絶頂寸前の綾の凄艶な表情に高見も圧倒されて、一緒になってボートを揺らした。

4

ふたりが高見の自宅に帰ってきたのは、夜の九時ちかくだった。

昼前に海からもどってきたふたりは、ひとまずシャワーを浴びた。そのあとこんどは高見が運転するロードスターでしまなみ海道の四国側の終点、愛媛の今治までいってきたのだった。

その前に高見自身は観光を取りやめてボートの上のつづきよろしく、昼間から綾とベッドの中ですごすのもわるくないと思っていた。

ところがシャワーを浴びたあとの綾は、ボートの上であったことをひどく恥じているようすで、そういうことになるのを回避したいと思ったのか、外出したがった。それで高見も仕方なく付き合ったのだった。

ドライブしたり車を停めて景色を眺めたり、それに食事をしたりしている間も、高見はあえてボートの上のつづきのような行為はもちろん、会話もしかけなかった。

それでもふたりの間に漂っている空気には、それまでにない官能的なものが濃密に感じられた。

それは高見だけでなく、綾も感じていたようだ。帰宅して玄関を入ったところで高見が抱き寄せると、それまで抑えていた思いをぶつけるように抱きついてきた。

見ると、たちまち昂った顔つきになって息を弾ませている。高見は唇を奪った。

すぐに貪り合うような濃厚なキスになって、綾がせつなげな鼻声を洩らし、高見の両手が引き寄せてタイトスカート越しに撫でまわしているヒップをくねらせる。早くも高見のペニスが強張って彼女の下腹部に当たっている。

高見は驚いた。綾の手が高見の股間をまさぐってきたのだ。

苦しげな鼻声を洩らして綾が唇を離した。

「おねがいッ、わたしを思いきり乱れさせてッ」

興奮した表情で息せききっていう。

唐突にそんなことをいわれて高見は戸惑った。が、どうして綾がそんなことをいうのか、思い当たるフシがあった。

「驚いたな、綾がそんなことというなんて。だけど、昼間ボートに乗ってるときの綾を見てたら、相当フラストレーションが溜まってるみたいだった。そうなんだろ？」

綾はうつむいた。羞じらいと困惑が入り混じったような表情を浮かべて黙っている。が、否定しないのは肯定しているということだ。高見は訊いた。

「ダンナとしてないのか？」

綾がうつむいたまま小さくうなずく。

「セックスレス？」

またうなずく。高見は驚いた。

「どのくらい？」

「もう、一年以上……」

つぶやくようにいう。

「ダンナはＥＤ？　それとも女がいるのか」

どっちもちがうというように、綾はかぶりを振った。

「原因も理由も不明ってことか。それにしても女盛りの軀で、よく一年以上も我慢できたな。よし、じゃあ思いきり乱れさせてやるよ」

いって高見は綾の肩を抱き、自分の寝室に連れていった。

寝室の真ん中で向き合って立つと、綾に服を脱ぐよう命じた。綾は恥ずかしそうに項垂れて脱ぎはじめた。

それを見ながら高見も手早く脱いだ。高見がトランクスだけになったとき、綾はまだ下着姿だった。

見るからに高級品らしいきれいなレースがあしらわれた、黒いブラとショーツをつけている。

その黒い下着が、画家の眼も魅了する悩ましく熟れたプロポーションのいい白い裸身に気品のようなものを与え、匂い立つような官能美を漂わせていて、いやでも高見の股間を熱くする。

綾が巧みに乳房を隠しながらブラを外した。ショーツは自分で脱ぐ気はないらしい。両腕で胸を隠してうつむいている。

高見はいった。

「両手を下ろして」

「いや……」

うつむいたまま、綾が小声を洩らした。本気でいやがっているようすはなく、ただ羞じらいの言葉を口にしただけのようだった。

高見は立ち上がった。そばの椅子の上に綾が脱いで置いている着衣の中からパンストを取り上げると彼女の後ろにまわり、胸を隠している腕をつかんで背中にひねり上げた。綾が戸惑ったような声を洩らした。

「縛られたことは？」

ない、というようにかぶりを振る。

「じゃあ一度経験してみるのもいいだろう。乱れたいんだから」

されるままになっている綾のもう一方の腕も背中に回し、両方の手首を重ねてパンストで手早く縛る。といっても高見にＳＭ趣味があるわけではない。いままで女たちとの情事の中でときたま戯れにいまのように手を縛るぐらいのことだった。

「どうだ？　初めて縛られた気分は」

前にまわって高見は綾の顔を覗き込んだ。

「いや」

綾は顔をそむけた。さっきのいやとはちがって、声と表情に動揺がにじんでいる。

高見は綾をベッドに上げて仰向けに寝かせた。

綾はまた顔をそむけた。仰向けに寝ていても起きているときの半分ぐらいのボリュームを保っている形のいい乳房が、大きく上下している。その頂の、一目で平常時とはちがうとわかる突き出方をしている左右の乳首に、高見は両手の中指を這わせてくすぐった。

「アンッ、だめ……」

綾が胸を反らしてのけぞった。

乳首をくすぐるようにこねつづける高見の指先に、悩ましい表情で繰り返しのけぞり、身悶えながら、せつなげな喘ぎ声を洩らす。

高見はいきなり両手で乳房をわしづかんだ。

綾が呻き声を発して苦悶の表情を浮かべてのけぞり、痙攣するように軀をふるわせる。そのまま高見が乳房を揉みたてると、感じ入ったような声を洩らして裸身をうねらせる。

高見は片方の手で乳房を揉みながら、一方の手を綾の下腹部に向けて滑らかな肌に這わせていき、ショーツの上からこんもりと盛り上がった肉丘やその下の柔らかい膨らみを撫でまわす。その愛撫に合わせて綾の腰がうねる。

愛撫というよりは乳房と股間を嬲っているといったほうがいい高見の両手に、しだいに綾はたまらなくなってきたらしい。催促するようないやらしい腰つきになってきた。

高見は綾の下半身に移動した。綾の羞恥心と一緒に期待感を高めるべく、わざとゆっくりショーツを脱がしていくと、一気に大股開きを強いた。

そんなやり方が綾を翻弄したようだ。大股開きにした瞬間、らしくない悲鳴のような声をあげて子供のように顔を振りたてた。

同時にそんな扱われ方をされたことで興奮を煽られたらしい。異様な感じに昂った表情の顔をそむけて、息を弾ませている。

あからさまになっている秘苑は、昼間のボートの上と同じく、すでにおびただしい女蜜にまみれていた。

「もうグッショリだ。うずいてたまらないんだろ？」

ヌルヌルのクレバスを指先でなぞりながら、高見は訊いた。

「アアッ、そう……」

悩ましい表情を浮きたてた綾がふるえ声を放って腰をうねらせる。

「どこがうずいてるんだ？　ボートの上でいったみたいにいってみろ」

「アアそこッ、オ○○コ。アアン、もっと……」

ドッと興奮が高まったような顔つきになって卑猥な言葉を口にし、焦れるように腰を揺する。

「もっとなに？」

「してッ。気持ちよくしてッ」

「じゃあ、『オ○○コ舐めて』といってごらん」

「そんな、いや」

「思いきり乱れたいんだろ？　だったらそういうことをいわなきゃだめだ。さ、いってごらん」

「アアッ、オ○○コ舐めて」

綾がそむけた顔を赤らめていう。

「そう、その調子だ。そんないやらしいことを綾がいうのを聞いたら、俺もますます興奮してきたよ」

笑いかけていうと、高見は綾の秘苑に顔を埋めた。

ここまでに気持ちと軀の昂りが昼間のボートの上よりも高まっていたからだろう。あのときよりもあっけないほど早く、綾は高見の舌で絶頂に達して、よがり泣きながら軀をわななかせた。

高見は綾の両手を縛っているパンストを解いた。すると綾のほうから高見の股間に顔を埋めてきて、ペニスを舐めまわしはじめた。

高見は仰向けに寝ると綾の腰を引き寄せ、顔をまたがせた。綾が上になったシックスナインの体勢で、高見の真上に彼女の秘苑があからさまになった。

綾がペニスをくわえてしごく。その快感を味わいながら高見は、両手を使ってクリトリスと膣口をこねた。そこから濡れた音が響き、綾が泣くような鼻声を洩らす。だがすぐに我慢できなくなったらしく、ペニスから口を離した。

「だめッ。もうしてッ。高見さんのコレでしてッ」

身悶えながら、手にしたペニスを振って催促する。

高見はなおもクリトリスと膣口を嬲りながら、さらにいやらしいことをいうよう綾に命じた。

「ああん、高見さんのおチ××ン、綾のオ○○コに入れてッ」

綾は昂った声でいった。高見が仰向けにすると、欲情が張りついたような凄艶な顔つきをして腰をうねらせる。

高見は綾の中に一気に押し入った。その瞬間、綾が感じ入った呻き声を放ってのけぞり、ふるえをわきたてた。イッたらしい。

高見はゆっくり抽送しながらいった。

「セックスレスになった理由も原因も不明らしいけど、可能性としてはやっぱりダンナに女がいるんじゃないか」

「女じゃないの」

綾がうわずった声でいった。高見は耳を疑った。

「女じゃない⁈ まさか、男ってことか⁈」

綾が小さくうなずく。

「驚いたな。ダンナにはそっちの気もあったのか。だけど、どうしてわかったんだ？」

「わたし、見たの」

腰を使っている高見に、綾が悩ましい表情で悶えながらいった。

──出張の予定が変更になって、綾がいつもどおりに帰宅した日のことだった。

多忙な仕事柄、夫婦は寝室を別々にしているのだが、夫が帰宅しているらしいのに気づいた綾は、夫の寝室を覗いた。すると、ベッドの上にいたのは夫だけではなかった。若い男が一緒だった。しかもふたりは全裸で抱き合っていたのだ。

それが一カ月ほど前のことで、現場を見られてしまった夫の野沢は観念して、綾に初めてバイセクシャルの秘密を打ち明けた。

綾と付き合いはじめて結婚してからのあるときまでは、どうにか綾ともセックスができていたが、しだいにそれが苦痛になり、できなくなってしまった。それでも心から綾のことは愛している、だから離婚だけはしないでほしいと、野沢は手をついて謝りながら懇願した。

だが綾が受けたショックは生易しいものではなかった。それも最初は夫に対する怒りだけだったが、そのうち自分に対しても遣り場のない失望が生まれてきたのだ。自分には女としての魅力がないのではないかという、自信喪失の思いだった。そのことと性的なフラストレーションが重なって、なにもかもがいやになってしまった……。

高見に合わせて腰を使いながら、綾はそんなことを打ち明けた。

その顔は、だが話の内容に似つかわしくないほど艶めいている。上体を起こして股間に眼をやって、濡れた肉びらの間をヌラヌラと濡れ光った肉棒が出入りしている生々しく淫猥な眺めを凝視しているせいだった。

「自信喪失なんて、とんでもない。綾は女としてもすごく魅力的だよ。だからほら、いつまでもこうやって愉しめるんだよ」

「ありがとう。アアッ、もっと、もっとたまらなくしてッ！」

いうなり綾はしがみついてきた。

夜桜に乱されて

1

「井村さん、今日はありがとう。すっかりご馳走になっちゃって、スタッフも喜んでたし、わたしも楽しかったわ」

タクシーが走りはじめてすぐ、結城藍子からあらためてお礼をいわれ、「いいえ」と井村友哉は顔の前で手を振り、

「わたしのほうこそ、いつもお世話になっている先生やスタッフのみなさんに喜んでもらえてよかったです」

と、営業マンらしい物言いで応えた。

製薬会社のＭＲ（メディカル・リプレゼンタティブ＝医薬情報担当者）をしている井村友哉は、この夜、自分が担当している結城皮膚科クリニックの院長とスタッフのみんなを夜桜見物に招待したのだ。院長の結城藍子をはじめスタッフ四人も全員が女という顔ぶれだった。

招待した場所は、川沿いの桜並木が名所になっていて、毎年シーズンになると花見客でごったがえす。ましてこの日は週末なので大変な混雑が予想された。そのため井村は前々から手を打っていた。満開の桜を見下ろしながら飲食できる、予約を取るのがなかなかむずかしいレストランを確保しておいたのだ。

そして今夜、そこで結城皮膚科クリニックのみんなをもてなした。結果、院長がいうように、みんな喜んで花見の宴はおおいに盛り上がったのだった。

ただ、結城皮膚科クリニックが個人経営の小さな医院であることや、院長とスタッフ全員を招待したことを考えると、この接待はいささか過剰といえなくもなかった。

しかし井村はあえて奮発したのだ。それというのは院長の結城藍子の歓心を買いたいという下心と、そのためにはスタッフにも好感を持たれていたほうがいいという計算があったからだった。

ここまでのところ、事は井村の思惑どおりうまくいっていた。

井村友哉は大学を卒業後、いまの製薬会社に就職して三年になる。二年ほど経ってＭＲの仕事に大分慣れてきた去年の春頃から、結城皮膚科クリニックも担当するようになった。

それから半年ほど経った秋の終わり頃だった、井村の中に結城藍子への恋心がめばえてきたのは。

もっとも、その前から好感は持っていた。それも初めて会ったときからそうだった。

その気持ちが半年ほどの間に徐々に変わってきて、ついにその域に止(とど)まることができなくなって、〝好き〟という思いになった、という感じだった。

それというのも、井村は二十五歳の独身だが、結城藍子は三十八歳で既婚だからだった。

年齢といい立場といい、歴然としたちがいがあって、それが井村の気持ちにブレーキをかけていたのだ。

それだけではない。というより、こっちのほうが大きな理由だった。かりにブレーキがかからなかったとしても、つまり井村が結城藍子に気持ちを打ち明けたとしても、結果は火を見るよりも明らかだったからだ。

呆れて一笑(いっしょう)に付(ふ)されるに決まっていた。それが井村自身わかっていた。

それでいて、結城藍子と顔を合わせているうちに、気がついてみると好きという気持ちを抑えられなくなっていたのだ。

「でも井村さん、気をわるくしてたんじゃない？」

お礼をいわれたあと、藍子に訊かれて井村は戸惑った。

「え⁈　どうしてです？」

「だって、スタッフにさんざんいじられてたじゃないの」

藍子が申し訳なさそうにいう。

井村は苦笑まじりに返した。

「いえ、べつに気をわるくなんてしてませんよ。男はぼく一人だし、最初から酒のツマミになろうって覚悟してましたから」

「ごめんなさいね。みんな気持ちよく酔って悪乗りしちゃって……でも井村さん、うちのクリニックでは好感度ナンバーワンなのよ」

「え？　そうなんですか。それはうれしいな。あ、でもいじりやすいからじゃないですか」

井村は喜んだものの、また苦笑いして訊いた。

「それも好感度が高いからよ。だれだって、感じのわるい人には関わりたくないでしょ」

「それはまあそうですね……」

井村は気をよくして、その勢いでさらに訊いた。

「先生はさっき、『うちのクリニックでは』っていわれてましたけど、それってスタッフだけじゃなくて、先生も含めてってことですか」

「そうよ」

藍子はあっさり答えた。そして、どうして？　というような表情で井村を見た。

井村はドキドキしながら、思いきっていった。

「それが一番うれしいです」

藍子は、え?!　というような表情を見せ、ふっと笑った。

井村には意味不明の笑いだったが、それに力を得て切り出した。

「先生、お願いがあるんですけど、よかったらもう少しぼくに付き合ってもらえませんか」

「付き合うって、どこへ？」

「どこかそのへんのバーみたいなところで、先生と飲みたいんですけど、だめですか」

「そういうこと……」

藍子は考える表情を見せた。

その横顔を見て、やっぱりだめかと井村は思った。

花見のあとスタッフと別れて先生をタクシーで送っていくというここまでは計算どおりで、その途中飲みに誘って、できればホテルのバーにいく、というのが井村の思惑だった。ただ問題は、誘っても果たして先生が乗ってきてくれるかどうかで、その一番肝心なことについて井村自身、いい返事を期待しつつもたぶんだめだろうと最初から悲観的に思っていたのだ。

ところがそのとき、思いがけないこと——というよりいささかオーバーかもしれないが、井村にとっては奇跡が起きた。

「だめじゃないわよ」

藍子がそういったのだ。

「でもお酒はもうけっこういただいてるし、井村さんに付き合うのはいいんだけど、そうね、だったらこうしない？　この先のうちのそばの公園にもきれいな桜があるの。そこの桜を見ていかない？」

「え⁉　いいんですか」

井村は思わず訊き返した。顔が輝き、声が弾んでいた。

「いいんですかって、どういうこと？」

藍子が怪訝(けげん)な表情で訊く。

「あ、いえ、驚いちゃって、ていうか思いがけないことなのであわてちゃって、すみません、変なこといって……」

「なにも謝らなくていいわよ」

藍子は微苦笑していうと、探るような眼つきで井村を見た。

「だけど、どうしてあわてちゃったりしたの？」

「それは……先生とふたりで花見をするなんて、思ってもみなかったことですから」

「そういうこと。これはヤバイことになったぞ、オバサンの花見に付き合わなきゃいけない。そう思ってあわてちゃったんでしょ？」

「そんな！　まったく逆ですよ」

声を高めた井村は、藍子の表情が真顔から笑いをこらえたようなそれに変わったのを見て、あわてて小声でいった。

「ひどいなァ。からかったんですね」

「迷惑じゃないの？」

藍子が可笑しそうに訊く。

「迷惑だなんてとんでもないですよ。うれしくて舞い上がっちゃってます」

「少しオーバーじゃない？　でもどうして？」

井村は思わず、先生が好きだからですと告白したい衝動にかられた。が、思い止まった。告白したとたん、藍子が吹き出すシーンが頭をよぎったからだ。げんに藍子はどこかおもしろがっているような表情をしている。

「オーバーじゃないですよ」

訊かれたことに対する答えを避けて井村がいうと、「あ、運転手さん」と藍子が運転手に声をかけた。

「その先の公園の入口あたりで停めてください」

井村は急いで財布を取り出し、タクシーが停まると料金を支払った。

ふたりはタクシーを下りた。公園の入口のすぐそばだった。

時刻は午後九時をまわっていた。花冷えの冷気に、スーツ姿の井村は肩をすくめた。藍子はニットのワンピースに薄いコートを羽織っていた。

「この公園は小さくて、桜もたくさんはないの。でもだから花見客も少なくて、とくに夜はほとんどいなくて、夜桜見物には絶好の場所なのよ」

公園に入っていきながら藍子がいった。

「先生はよくこられるんですか」

並んで歩きながら井村が訊くと、

「前は花見にきたり散歩できたりしたこともあったけど、ここ二、三年はきてないから久しぶりよ」

園内に足を踏み入れると、女医のいったとおりだった。すぐに全景が見渡せる小さな公園だった。入園時間の制限はないらしく、門扉もなかった。

園内には所々に照明が灯っていた。矩形(くけい)の敷地内に陸上競技場のトラックのように楕円状(だえんじょう)に通路があり、通路の内側に低木、外側に高木と計算されたように植えられている。そのなかに桜の木が点在していて、満開の花が照明を浴びて白く浮かび上がっていた。

「ワァ、きれいですね」

弾んだ声で井村はいった。

「でしょ。たくさんの桜が咲き乱れているのは迫力があって圧倒される感じだけど、ここの桜は一本ずつだからひっそりとして、それでいて華やいでいて、そのせいか幽玄で妖(あや)しい感じがするの」

井村と肩を並べて歩きながら藍子が桜を見ていう。

井村のほうは桜よりも藍子の横顔をちらちら見ながら、胸のときめきを抑えようもなかった。そればかりか欲情もおぼえていた。ふだん知的な印象を与える女医の整った顔が、アルコールのせいで艶めいているからだった。

2

ふたりは通路のわきのベンチに並んで腰かけていた。

「わたしね、満開の桜の花を見てると、よく感じることがあるの」

そばの夜桜を見上げながら、藍子はいった。

「咲き乱れている桜の花ってそんな感じでしょ。だから、それがたくさんだと狂乱めいたものを感じさせるし、ここの桜みたいに一本ずつだとさっきもいったみたいに妖しさを感じさせる——そんな気がするの。そういう感じ方って、わたしだけかしら。井村さんはどう?」

「え? ぼくは、先生のような繊細な感受性はないですから……あ、でもいわれてみたら、そんな感じがしなくもないですね」

「無理に合わせてくれなくてもいいわよ」

藍子は井村に向かって苦笑していうと、また桜を見やって、

「だけどこの妖しさって、どこか怖い感じもあるのよね」

と、つぶやいた。

「怖い感じ、ですか」

意味不明という口調で井村が訊く。

「そう。なんだか妖しい世界に引き込まれていくみたいな……」

いってから藍子は井村を見た。藍子を見ていた井村はあわててうつむき、

「そうなんですね」

と、取ってつけたようにいった。

井村の胸のうちが、藍子には手に取るようにわかった。というのも日頃の井村の藍子を見る眼などから、彼が藍子のことを好きになっているのに薄々気づいていたし、今夜は彼のようすからそれをもう確信していたからだった。

もっとも、井村が藍子に対して持っている気持ちが、好感の域を超えたものだとわかったとき、藍子は当惑した。はるかに年上の、しかも夫のいるわたしをどうして？　と疑念がわいたからだ。

だがそれだけのことだった。好かれて悪い気はしなかったが、井村との男女関

係となると、藍子にとってはまったく現実感がわかなかった。ところがそれは、今夜、花見をするまでのことだった。川沿いに咲き乱れている桜を見ているうちに、藍子の気持ちは少しずつ乱れはじめていたのだ。満開の桜のせいだけではなかった。藍子自身が抱えている問題や悩みがからんでのことだった。

藍子の夫は、大学病院の内科医をしている。藍子より三つ年上の四十一歳で、結婚して七年になるが、ふたりの間に子供はいない。

ただ、三年ほど前、藍子は妊娠したが流産した。夫婦にとってそのショックは大きかった。それからだった。夫婦関係がしっくりいかなくなってきたのは。

そして、そのうちセックスレスに陥った。

もっともそうなってから藍子は、その原因のすべてが流産というわけではなく、自分と夫それぞれに夫婦関係がうまくいかなくなるような、なにかしらの要因があって、流産はそれが表面化するきっかけだったのかもしれないと思っていた。

藍子と夫は、もともと言い争ったり感情的になって喧嘩をしたりすることがない夫婦で、しっくりいかなくなってからもそれは変わらなかった。

そのぶん、厄介だった。関係を修復する手立てがないからだ。

そうこうしているうちに徐々に溝が深まってきて、ついに一年ほど前に亀裂が生じた。夫のようすにいままでにない異変を感じた藍子が探偵社に調査を依頼した結果、悪い予感が的中したのだ。

夫の相手の女は、同じ病院に勤務する二十六歳の独身看護師だった。

藍子が夫の愛人の存在を知っていることを、夫本人はまだ知らない……。

黒い闇の中に、照明を受けて白く浮かび上がっている満開の桜……。

それを見ているうちに藍子の胸の中はますます息苦しく乱れてきて、ざわめいていた。

それは、理性や自制心を捨て去って、禁断の妖しい世界へと誘うざわめきだった。

「座ってると冷えてきたわね。少し歩きましょうか」

「そうですね」

藍子にならって井村もベンチから立ち上がり、ふたりはまた肩を並べて歩きだした。

さきほどまでに見かけた三組のカップルはもう帰ったらしく、園内にいるのは藍子と井村だけのようだった。

歩きながら藍子は前を向いたままそっと、井村の手を取った。瞬間、井村がびっくりしたのがわかった。ふたりとも手は冷たかった。

藍子は素知らぬふうを装って、井村の指に深く指をからめた。

指の股と股が強く密着した状態になって、エロティックな感覚が生まれ、藍子は軀が熱くなった。

そのまま歩きながら、からんでいる指をうごめかせて、指の股と股をこすり合わせる。

すると、藍子に合わせて井村も指をうごめかせる。

「こうすると、どんな感じ?」

藍子は前を向いたまま訊いた。

「ドキドキしちゃいます」

井村がうわずった声で答える。

「どうして?」

「先生と手をつないでるなんて、信じられませんから。それに……」

「ちょっとエロティックな感じがして……ぼく、思いきっていっちゃいますけど、笑わないでください。前から先生のこと、好きなんです」

「それになに？」

言葉どおり、意を決して告白した感じの口調だった。

藍子は足を止めた。ふたりは園内の桜の木の中でもとりわけ大きな木のそばにきていた。その木は扇状にひろがる満開の桜の花をつけていて、その形もみごとだった。

咲き乱れている桜の花を、藍子は黙って見上げていた。息苦しいほど、胸が激しく高鳴っていた。

指をからめ合っている井村の手を、藍子は強く握った。

井村が握り返してきた。

そのまま、藍子は桜の木の後ろに向かった。井村もついてきた。

藍子は桜の木を背にしてもたれた。井村と向き合う格好になった。藍子は満開の桜の花を見上げた。胸の高鳴りは、息苦しさを超えて吐き気を催しそうなほどになっていた。

「こうしてると、妖しい世界に引き込まれていくみたい」

息が弾みそうになるのを抑えながら藍子はいうと、

「井村くんも、わたしと一緒に、妖しい世界に引き込まれてみる?」

初めて井村をクン付けして訊いて、彼を見た。

井村は呆気に取られたような顔をしていた。それも驚きと興奮で固まったような——。

だがすぐにあわてたようすを見せて、「はい」と気負った声で答えた。

藍子は井村の手を離し、きて、と両手を彼に向かって差し出した。

「先生!」

いうなり井村が抱きついてきて、藍子を抱きしめた。

その瞬間、藍子は、めくらむと同時に妖しい官能の世界に引き込まれていく感覚に襲われた。

井村が唇を重ねてきた。藍子はためらいもなくキスに応じた。井村が舌を入れてからめてくると、藍子も舌をからめ返した。さらに藍子から井村の口腔に舌を差し入れて彼の舌にからめていった。

たがいに貪り合うような濃厚なキスで興奮を煽られながら、藍子は思った。

——夫のことでストレスが溜まっていなければ、今夜満開の桜を見てもこんなことにはならなかったはず……。しかもわたしから井村くんを誘惑するなんてこと、いままでのわたしだったらあり得ない。それにわたしが不倫するなんて、わたし自身信じられない……でも、もう無理、引き返せない……。

なぜ引き返せないのか。それは、井村に抱きしめられて濃厚なキスをしているうちに藍子自身戸惑い、うろたえるほどの興奮と性感に襲われて、いまはもう欲情を抑えきれなくなっているからだった。

それに子宮に生まれる甘美なうずきで、下半身がとろけたようになって、立っているのがやっとだった。

濃厚なキスとはいえ、キスだけでこんなにも感じたことは、これまで藍子はなかった。

ただ、それが原因だろうと思えることはあった。

ここ二年ちかく、夫とセックスレスの状態がつづいた。といっても当初は不満をおぼえることもあったが、そのうちに慣れたと思っていた。夫との関係や愛人のことなどのストレスで、セックスのことを考える余裕もなかった。

それに藍子自身、意識的にセックスのことを考えないようにしていたところもあった。

ところが三十代も後半の熟れた軀のほうはそうではなかったらしい。じわじわと欲求不満を溜めていて、それがまるで休火山が突然噴火したように、藍子自身さえもうろたえさせるほど一気に爆発した。

いま、藍子はそう思いながら、また戸惑って腰をもじつかせた。カッと軀が熱くなると同時にゾクッと、子宮がざわめいた。井村の硬くなったモノが、藍子の下腹部に突き当たっているのだ。

唇を離した井村が熱い息を吹きかけてきながら、藍子の首筋から耳に向けて唇を這わせる。藍子は身ぶるいして、

「ああ……」

喘いでのけぞった。

「先生!」

井村がたまりかねたようにいって藍子のヒップに手をまわしてきた。興奮のせいか、コートの上からいささか乱暴に尻を撫でまわしたかと思うと、スカートの中に手を入れてくる。

「だめっ」

もう恥ずかしいほど濡れていることが頭をよぎって、藍子はあわてて井村の手

を制した。

興奮した顔に、どうして?!　というような表情を浮かべた井村に、藍子はいった。

「ここじゃいや」

いままで覚えのない、自分でも驚くほど艶かしい口調になっていた。口調だけじゃなく、きっと表情も、と藍子は思った。

3

部屋の真ん中に立って向き合うと、息を合わせたように井村はスーツの上着を、藍子はコートをそれぞれ手早く脱ぎ捨て、ふたりは抱き合った。

ふたりがいるのは、ホテルの一室だった。

公園でもそうだったが、ここにきてもまだ、井村は思いがけない展開が信じられない気持ちを引きずっていた。藍子がいっていたとおり、満開の夜桜を見ているうちに妖しい世界に誘い込まれたようだった。

だが井村がいるのは、れっきとした現実の世界だ。その証拠に腕の中に藍子の躯をリアルに感じていたし、なによりそれで興奮し欲情して早くも分身が強張って突き上がってきていた。

井村は唇を重ねた。すぐに舌を入れて藍子の舌にからめていくと、甘い鼻声を洩らして藍子もからめ返してくる。

井村は片方の手を藍子のヒップに這わせた。

ニットのワンピース越しに生々しく感じ取れる尻の肉が、キュッとしこった。

そのむちっとした肉を撫でまわし、揉みたてた。

声を殺す必要はないと思ってか、公園のときとはちがってせつなげな鼻声を洩らしながら、藍子が腰をくねらせる。

公園でも藍子の感じやすさに驚いた井村だったが、いまも興奮を訴えるように井村の舌に熱っぽく舌をからめてきている。そればかりか、ズボンの前を突き上げている井村の強張りに、下腹部をこすりつけてきている。

そんな藍子の反応に井村も興奮を煽られながら、思った。

——先生、欲求不満なんじゃないか。きっとそうだ、そうでなきゃ俺とこんなことになるはずがない。てことは夫とやってないか、やってても満足させてもらっていないってことじゃないか。

もしそうだとしたら、井村も似たようなものだった。半年ほど前に恋人と別れて以来、欲求不満を抱えていた。

それも恋人と別れたのと藍子を好きになった時期はクロスしていた。ちょうど恋人との関係が煮詰まってきていたところに井村の藍子に対する気持ちが憧れから恋愛感情に変わってきて、それが破局の引き金になったのだった。

井村は欲情にかられて、両手で藍子のワンピースを引き上げた。

「あ、待って」

藍子があわてて唇を離していった。

「シャワーを使いたいわ」

「いまですか」

井村は藍子の下半身に眼をやって、思わず訊いた。肌色のパンストの下にローズレッドのショーツが透けている刺戟的な眺めが見えたからだ。

「そう。いいでしょ？」

腰をくねらせて藍子が訊き返す。

「それよりぼく、もう我慢できません」

いうなり井村は両手で藍子のヒップを抱え込み、引き寄せた。そうやっていきり勃っている分身を藍子に押しつけた。

「ああッ、井村くんたら……」

藍子がうわずった声でいって、さっきよりもあからさまに腰をくねらせて井村の強張りに下腹部をこすりつけてきながら、

「ああん、もうこんなになっちゃって、スタッフにからかわれてたこと、ホントみたいね」

今夜の宴会のさなか、看護師たちから恋人の有無を訊かれ、井村が正直に「いない」と答えると、それじゃあ井村さん若いし溜まっちゃうでしょ、どうやって処理してるの？　などと興味津々、突っ込まれたのだ。

藍子の手前、ときどき自己処理してますと本当のことはいえず、「困ってます、だれか助けてください」と冗談で逃げた井村だった。

「そうなんです。だからもう我慢できなくて……」

正直にいって井村はパンストに手をかけた。

「待って。わかったわ。じゃあわたし自分で脱ぐから、井村くんも脱いで」

藍子が井村を制していった。

井村はうなずくと、ネクタイを外しにかかった。それを見て藍子も脱ぎはじめた。プロポーションのいい軀の線が出ているニットのワンピースから両腕を抜く

と、軀をくねらせるようにして脱いでいく。

それを見ながら、そして興奮でゾクゾクしながら、井村は手早くワイシャツ、ズボンを脱ぎ、グレイのボクサーパンツだけになった。

ワンピースにつづいてパンストを脱いでローズレッドのブラとショーツだけになった藍子に、井村は眼を見張った。

プロポーションがいいのはわかっていたけれど、裸同然になった軀は、均整が取れているうえに見ているだけで息苦しくなるような色っぽさをたたえているのだ。それにローズレッドの下着が、色白のきれいな肌をよけいに艶かしく見せている。

「いやだわ、そんなにジッと見つめちゃ」

藍子が恥ずかしそうに微苦笑していった。

「だって先生の軀、めっちゃ色っぽいから見ちゃいますよ。ぼく、先生みたいに色っぽい軀の女性、初めてです」

興奮のあまり井村は饒舌（じょうぜつ）になった。

「お世辞でも褒められたらうれしいわ」

艶かしい笑みを浮かべていいながら、藍子はブラを外した。

あらわになった乳房は、きれいなお椀形をしている。膨らみ全体が少し反りぎみのため、きれいなだけでなく煽情的にも見える。

井村が固唾（かたず）を呑んで乳房に眼を奪われていると、藍子がそばにきて、両腕を井村の首にまわしてきた。

それなりにセックスの経験がある井村だが、藍子のナマの軀を、それもじかに乳房の膨らみを感じると、一気に興奮のボルテージが上がってしまった。そのため、お世辞じゃないですといいかけて口に出せないでいると、

「あら、井村くん、わたしの軀見て、ホントに感じてくれたようね」

藍子が弾んだような声でいって、ボクサーパンツの前に手を這わせてきた。

「井村くんのここ、ますますすごくなってるみたい」

痛いほど勃起しているペニスを、パンツ越しに撫でまわしながら、興奮した感じの声でいう。

「ああ、先生……」

藍子の指で亀頭をくすぐられて、井村はたまらなくなって喘いで腰をくねらせた。

するとそのとき、思いがけないことが起きた。藍子が井村の前にひざまずい

て、両手をパンツにかけたのだ。

「先生！」

うわずった声をあげた井村にかまわず、藍子はパンツをずり下げた。

ブンと肉棒が勢いよく跳ねて飛び出し、腹を叩いた。同時に「アッ！」と藍子が驚いたような声を発した。

藍子は、いきり勃っているペニスを凝視したまま、パンツを下ろしていく。息をするのが苦しいほど興奮しているのか、強張った表情で唇をわずかに開けている。

それを見下ろしながら井村は足を交互に上げて、パンツから抜いた。

女医がなにをしようとしているのか、もちろん井村はわかっていた。それでいて信じられないような気持ちだった。あろうことか、女医からすすんでフェラチオをしようとしているのだ。しかも井村の前にひざまずいて。

藍子は両手を怒張に添えると、顔を寄せてきた。形のいい唇を亀頭に触れさせて眼をつむると、舌を覗かせて、はち切れんばかりに膨れあがっている亀頭にねっとりとからめる。

過敏な部分をくすぐられて、井村は快感にふるえた。ひとりでに肉棒がヒクつく。そんな生々しい感覚に襲われながらも、まだ夢でも見ているような気持ちだった。こんなことはいくら願望しても絶対にあり得ない、叶わないと思っていたからだ。

夢のような陶酔は、そう長くはつづかなかった。ペニスを舐めまわしては咥えてしごくという行為を三度ほど繰り返されると、井村は快感をこらえきれなくなった。

「ああ先生、もうだめです」

怯えていって腰を引いた。

口から滑り出た肉棒が大きく跳ね、それを見て藍子は喘いだ。

「わたしもよ、もうだめ」

欲情に取り憑かれたかのような表情で息を弾ませていうと、井村につかまって立ち上がった。

——先生も、もうしたくてたまらないんだ。

そう思うと、井村も興奮と欲情をかきたてられた。

ふたりはもつれ合うようにしてベッドに倒れ込んだ。

井村は藍子に覆い被さっていくと、乳房にしゃぶりついた。乳首を舌で舐めまわしたり、口に含んで吸いたてたりしながら、膨らみを手で揉みしだいた。

女医が繰り返しのけぞりながら、明らかに感じているとわかる喘ぎ声をきれぎれに洩らす。井村が舌と口で交互に嬲っている乳首も、感じて尖り勃ってきている。

いかにも熟れているという感じの軀を、井村は唇と手でなぞりながら徐々に藍子の下半身に移動していった。

目の前にローズレッドのショーツをつけた腰部がある。井村は興奮を抑えて藍子を見やった。

藍子は顔をそむけていた。興奮のせいだろう、強張った表情をしている。眼は開いていて、戸惑っているような視線で横を見ている。そして、両腕を胸の上で交叉させている。

井村は藍子の上体から下半身に向けて視線を移していった。

むしろ官能美が増す程度にうっすらと脂肪がついている腹部と、糸を引いたようなヘソがなんとも色っぽい。

その下は、さらに煽情的だ。ローズレッドのショーツの、こんもりと盛り上がった丘が、石のように硬直したままのペニスをズキンとうずかせ、ヒクつかせた。

「いやだわ、また見てる……」

藍子が軀をくねらせていった。井村は我に返った。

「だって先生の軀、色っぽすぎるから、見とれちゃいますよ」

戸惑っているようすの藍子にそういって笑い返すと、両手をショーツにかけて

ゾクゾクワクワクしながら、熟れた腰から下ろしていく。

藍子はきれいな脚をすり合わせながら、腰を浮かせて井村が脱がすのに協力した。

井村は、藍子の両膝にそれぞれ手をかけて押し分けた。藍子は喘いだだけでいやがらなかった。

秘苑に見入った井村は、驚いた。藍子のセミロングの髪は黒くて艶があるが、そんな頭髪と関係があるのかどうか、陰毛も黒々として、しかも濃密に生えていて、まさに繁みという感じだ。

それに、繁みの中から覗き見えている肉びらは焦げ茶色で、ぼってりしている。

そのひどく猥褻な感じが、女医の整った知的な顔とあまりにかけ離れているよ

うに見えたのだ。

だが驚きは瞬時に興奮と欲情に変わった。藍子と猥褻感のギャップは、井村にとって刺戟的で煽情的だった。

井村は両手でそっと肉びらを分けた。短い喘ぎ声と一緒に藍子が腰をヒクつかせた。

井村はまた驚いていた。あからさまになったサーモンピンクの粘膜は、まるで溶けたバターを塗りたくったかのように、べっとりと女蜜（にょみつ）にまみれている。

ふと、井村は思った。

——先生はホテルにきたときもう濡れていて、それでよけいにシャワーを使いたがったのかも……。

「ううん、だめ……」

藍子がもどかしそうに腰をくねらせた。

井村は目の前の秘苑に口をつけた。

「アッ、だめッ、だめよッ」

藍子があわてて井村を強く押しやった。

「汚れてるからだめッ。わたしも、もう井村くんと同じなの、我慢できないのッ。だからきてッ」

息を弾ませていって、両手を井村に向けて差し出す。

その無我夢中のようすに圧倒される形で、井村は藍子の両脚の間に腰を入れると、怒張を手にして亀頭で肉びらの間をまさぐった。

「アアッ、それいいッ……そのまま、それつづけて、わたしが『きて』っていったら入れて」

藍子が悩ましい表情を浮かべて腰をうねらせながらいう。

思いがけない要求に、井村は戸惑った。だがすぐにわかった。

──先生は、前戯の代わりにこうしてほしいらしい。

そう察して、亀頭でヌルヌルしているクレバスをこすった。

藍子が感じてたまらなそうな喘ぎ声を洩らしながら、腰を波打たせる。両手がシーツや枕をつかんだりしている。

あらわになっている乳房は、仰向けに寝ていてもほぼきれいな形を保って(たも)いて、乳首がしこって勃っているそのふたつの膨らみが、胸が反るたびに生々しく揺れる。

勃っているのは、乳首だけではない。亀頭でこすったりこねたりしていると、クリトリスもみるみる膨れあがってきていた。それに女芯(にょしん)の口も、まるで亀頭をほしがっているかのようにヒクついている。

「アアッ、だめッ、もうだめッ、きてッ、入れてッ」

藍子が泣き声で求めた。欲情に取り憑かれて切迫したような表情をしている。

井村は押し入った。怒張がヌルーッと、蜜をたたえた生温かい粘膜の中に滑り込むと、藍子が感じ入ったような声を洩らしてのけぞった。

それを見て井村は暴発しそうになった。が、かろうじてこらえ、ゆっくり腰を使った。

4

――ずいぶん久しぶりなのに、こんなになっちゃうなんて……。

藍子は戸惑っていた。

最初は、およそ二年ちかくセックスから遠ざかっていたため、井村との行為がうまくいくかどうか心配していたのだが、それは杞憂(きゆう)だった。

それどころか、なぜか以前よりも感じやすくなっていて、行為はまだはじまったばかりだというのに、泣きたくなるような快感に襲われているのだ。

井村は最初から慎重というか、恐る恐るというか、そんな感じの浅い抽送(ちゅうそう)をつづけている。

——激しく動いたら、すぐに我慢できなくなって暴発する恐れがあるからこうしてるのかも……。

藍子はふとそう思った。

ところがそのぶん藍子のほうはもどかしい快感をかきたてられて、よけいにたまらなくなり、早くもイキそうになってきた。

「アアッ、井村くん、いいわッ。アアン、わたし、もうイッちゃいそうよ。井村くんは？」

「ぼくも、もう我慢できない感じです」

井村が苦しそうにいう。

「ね、奥まで突いて」

いってから藍子は恥ずかしくなった。思わずいったのだが、こんなことは初めてだった。

「でも突いたら、すぐ我慢できなくなっちゃうけど、いいですか」

「いいわよ、井村くんと一緒にわたしもイクから」

井村が藍子を、意を決したように見た。その怒ったような表情のまま、腰を律動させる。

ペニスが速度を上げて膣の入口から奥までこすりたてる。藍子は、激しく動くピストンが脳裏に浮かび、否応なくかきたてられる快感に感泣した。

「アアンいいッ、いいわッ、たまンないッ」

ひとりでに腰がうねる。

「アア先生ッ、ぼく、もうだめですッ」

井村が切迫した表情と口調でいった。

「いいわよ、出してッ、イッて。わたしもイクわ」

藍子の声も切迫していた。もういつでもイケる状態だった。

「アアだめだッ、イクッ！」

井村が呻くようにいって、ドンと突き入ってきた。

「アウッ――！」

藍子も呻いてのけぞった。

井村が抱きついてきた。ペニスが一気に膨張した感じがあった。それが脈動してビュッと、勢いよく男の精を放った。ビュッ、ビュッとたてつづけに――。

男のエキスで子宮を叩かれて、藍子はめくるめく快感に襲われ、「イクッ、イクーッ」とよがり泣きながら昇りつめていった。

手早くシャワーをすませて濡れた軀をバスタオルで拭きながら、藍子は洗面台の鏡を見た。

そこに映っている裸身が一瞬、自分のものではないような錯覚に襲われた。眼を疑うほど艶づやしく見えたからだ。

とりわけ、まだしこっている感じの乳房や乳首、それにいつにない生々しさを感じさせる腰まわりや濃いめのヘアや太腿が――。

しおれていた花が、水を与えられて一気に生気を取りもどした――そんな感じとイメージが頭に浮かび、藍子は鏡の中の自分に笑いかけると、バスローブを羽織った。

井村は先にシャワーを使っていた。藍子と一緒にシャワーを浴びたがったが、藍子は応じなかった。そんなことをしていると、どうしたってそこで戯(たわむ)れてしまう。それで若い井村が我慢できなくなって行為を求めてくる可能性は充分ある。

それは避けたい。二回目の行為は、浴室よりもベッドの上で一回目よりもゆっくりたっぷり楽しみたい。そう考えたからだった。

その一方で藍子自身、そんな自分に戸惑ってもいた。もともと自分はそんなに性欲の強いほうではない、ふつうだろうと思っていた。だからセックスレスにも慣れたのだと。

それを思うと、こんなにも貪欲になっている自分が信じられなかった。しかも一度のセックスでここまで変わってしまうなんて……。

ただ考えられるとすれば、セックスレスによって否応なくストイックになっているうちに、軀や性欲などがそれまでとは変わってきていたのかもしれない。

そんなことを思いながら浴室を出た藍子は、胸がときめいていた。ベッドに腰かけて缶ビールを手にしていた井村が、藍子を見て笑いかけてきた。

「ビール飲みます？」

「いただくわ」

井村が立ち上がろうとしたので、藍子は制していった。

「残ってたらそれでいいわ。一口だけだから」

「まだ少しありますけど、じゃあグラス持ってきます」

「いいわ。それちょうだい」

藍子が手を差し出すと、井村が缶ビールを手渡した。藍子は一口飲んで、井村に返した。

井村は残りを飲み干して缶をナイトテーブルの上に置くと、立ち上がって藍子と向き合った。井村のほうは腰にバスタオルを巻いているだけだった。

ふたりは見合った。また興奮しているらしく、井村の表情は硬い。藍子も自分が同じような表情をしているのがわかった。

井村が黙って藍子のバスローブの紐を解いた。ショーツもつけていない全裸を見て、表情を輝かせた。

藍子も、前が持ち上がっているバスタオルに手をかけて取り払った。早くも水平以上の角度に勃起しているペニスを見たとたん、ズキンと子宮がうずき、藍子はふるえて喘ぎそうになった。

井村が藍子を抱き寄せた。藍子も抱き返した。同時に怒張を下腹部に感じてこらえを失くし、ふるえて喘いだ。

そのまま、ふたりはベッドに上がると、キスしながらおたがいの軀をまさぐり合った。

そうして井村が藍子の期待している行為に移ろうとしたときには、藍子はもう失禁でもしたかのように濡れていた。

そんなに濡れているということではホテルにきたときも同じで、だから藍子は井村のクンニリングスを拒んだのだが、いまはシャワーを浴びたばかりなので、さほど抵抗はなかった。

それよりも井村の舌戯（ぜつぎ）への期待が高まっていた。藍子にとって舌で愛されるのは、セックスレスになる前から夫が前戯もおざなりになって、その頃からなかったのだ。

井村が藍子の下腹部を覗き込んだ。両手で秘部を開いた。

藍子は勢いよく息を吸い込んだ。

井村の舌がスッと、クリトリスを舐め上げた。

「アンッ――！」

ゾクッとする快感に、腰が跳ねた。

井村の舌が、クリトリスをこねまわす。

甘くうずくような快感をかきたてられて、藍子は声を抑えられず、きれぎれに喘いだ。それも泣き声になった。泣かずにはいられない快感だった。

最初の行為のあとの、井村の話から察するに、彼はそれなりに女やセックスの経験がありそうだった。

最初の行為ではそれを感じさせるほどのものはなかったけれど、どうやらそれは半年ほど前に恋人と別れて欲求不満を抱えていたせいらしく、藍子は二回目の行為に期待していた。

その期待を、井村は裏切らなかった。クンニリングスのテクニックはなかなかのもので、クリトリスを攻めるだけでなく、秘唇や膣口を巧みに嬲り、藍子を焦らしておいてからトドメを刺すというそのタイミングも絶妙で、藍子はたてつづけに絶頂に追いやられた。

藍子が息を弾ませて絶頂の余韻に軀をヒクつかせていると、井村がシックスナインを求めてきた。

藍子にためらいはなかった。それどころか胸をときめかせながら井村の上になると、いきり勃っているペニスを舐めまわし、くわえてしごいた。

それに対抗するように、井村がクンニリングスで攻めたてる。

だがこの応酬は勝負にならなかった。その前につづけて達している藍子はたちまち快感をこらえきれなくなり、手で怒張をしごきながら懇願した。

「アア井村くん、もうあなたのこれ、ちょうだい、ほしいの」

「入れたいんですか」

井村にストレートに訊かれて藍子は戸惑った。が、そんな余裕はなかった。

藍子もストレートにいった。いままでいったこともない言い方に興奮を煽られながら。

「いいですよ。でもじゃあ、このまま先生がこっち向いて、自分で入れてください」

藍子は一瞬、井村がどうしてそんなことをいうのか怪訝に思ったが、すぐに見たがっているのだとわかって、カッと頭の中が熱くなった。恥ずかしさのせいだった。だがそれも瞬時に興奮に変わった。

いわれたとおり、藍子は井村のほうを向いて腰をまたぐと、怒張を手にした。

女上位の体位での行為は、最後にいつしたかおぼえていなかった。女にとっては自分から動いてその動きも表情も男に見られる体位だから、夫婦関係が気まずくなっているとき夫から求められても藍子は拒んでいたはずで、そう考えると、女上位での行為は三年以上前ということになる。

井村が亀のように首を伸ばして藍子を見ている。その視線を感じて軀が熱くなるのをおぼえながら、藍子は亀頭をクレバスにこすりつけた。

身ぶるいする快感がわきあがる。我慢できなくなって亀頭を膣口に収め、息を詰めて、ゆっくり腰を落としていく。

ヌルーッと肉棒が滑り込んできて、子宮を直撃してくる快感に、藍子は呻いてのけぞった。

その瞬間、なぜか脳裏に満開の白い夜桜が浮かび上がった。その桜の花の中に引き込まれていく感覚に襲われながら、藍子は腰を律動させた。

人妻だから

1

炎天下、水着姿の男女の群れとその向こうの青い空と海が、陽炎で揺らいでいる。

まるでいまのわたしの気持ちみたい……。

沙和子は思った。事実、そうだった。沙和子の胸の中でも、熱いものが揺らいでいた。

原因は炎天下ではなく、諸沢隼人のせいだった。それも彼の赤銅色に日焼けした逞しい軀と、なにより際どい黒いスイミングパンツの、男性自身がくっきりと浮かび上がっている股間の——。

この日、沙和子は昼食をすませてすぐ、都内の自宅から愛車のフィアット500を駆って東伊豆の中程にあるこの海水浴場にやってきた。

そろそろシーズンも終わりかけているにしては駐車場は混み合っていた。どうにか車を駐車して、日傘をさして浜辺にいってみると案の定、海水浴客でごったがえしていた。

隼人はすぐに見つかった。監視塔の上にいた。彼はライフセーバーをしているのだ。

沙和子が監視塔の下までいって声をかけると、隼人は下を見て驚き、急いで下りてきた。

「きてくれたんだ。水着は？」

うれしそうに声を弾ませていう隼人に、沙和子は眼の遣り場に困りながら、苦笑いしてかぶりを振った。

「なんだ、持ってくればよかったのに。俺、沙和子の水着姿を楽しみにしてたんだよ」

隼人はいかにも残念そうにいうと、今日はほかのメンバーに頼んで早く上がらせてもらうからちょっと待ってて、と言い置いて沙和子のそばを離れた。

それから沙和子の胸の中に陽炎が生まれたのだ。沙和子自身戸惑うような、それでいて正体のさだかでない熱い動揺だった。

二日前のことだった。書店を出たところで偶然、諸沢隼人と再会したのは。

「沙和子」

と隼人のほうが声をかけてきたのだった。

隼人は黒いサングラスをかけて、上はTシャツに下はバミューダパンツという、都心のショッピング街に似つかわしくない、リゾート地にいるような格好だった。

もっともそういうところは、学生時代から友人たちに「自由人」といわれ、常識にとらわれないタイプだった彼らしいところでもあった。

「久しぶり」

といって隼人はサングラスを取り、褐色に日焼けした顔とは対照的な真っ白い歯を見せて笑いかけてきた。

大学時代の同級生の隼人と会うのは、三年前の沙和子の結婚式以来だった。

沙和子は卒業後、女子高の英語教師になり、いまも教職に就いているが、隼人は学生時代からサーフィンに明け暮れていて、卒業後は海と縁がある仕事をしたいといってライフセーバーになった。

結婚式で会ったとき隼人は、ライフセービングを仕事にしながら相変わらずサーフィンを楽しんでいるといっていた。自由人らしさも、相変わらずのようだった。

二日前に出会ったとき、隼人は沙和子をお茶に誘った。とくに急ぐ用事もなかったので沙和子は誘いに応じ、ふたりは近くのカフェに入った。

隼人はライフセービングに必要な用具を買いに東京に出てきたらしい。住んでいるのは東伊豆で、三年前と変わらない生活を送っているようだった。

近況を話しているうち、隼人が沙和子の結婚生活について訊いてきた。楽しくやってるのか、と。

沙和子は一瞬どう答えようか迷った。結婚式のときのことが頭をよぎったからだが、もとより夫婦のことは相手がだれであろうと軽々しく口にすべきではないと思っていたし、ふと隼人の期待を裏切ってやりたい気持ちが起きて、

「おかげさまで、とても楽しくやってるわ」

と答えた。

すると隼人は沙和子が思ったとおりの反応を見せた。いかにもがっかりしたようすを見せたあと、

「だろうな、まだ三年だもん、楽しくて当たり前だよな。でもさ、俺さっき、声

かける前から沙和子に気づいて見てたんだけど、ちょっと『ん?』て感じだったんだよな」

虚勢を張っているような言い方につづいて、妙なことを口にした。

「ん? てなに?」

沙和子が訊くと、

「なんだか表情が冴えないみたいな、らしくない暗い感じに見えて、なにか悩み事でもあるのかなって思って、それで楽しくやってるかって訊いたんだけど、ちがったか」

隼人は真面目な顔をしていった。

沙和子は当惑していた。それを隠して笑っていった。

「そうよ、隼人の思いちがいよ。もしかして隼人、わたしの結婚生活がうまくいっていないのを期待してて、だからそんなこと思ったんじゃない?」

「え?! そりゃあないよ。あ、でも半分は当たってるかも」

隼人は苦笑いして冗談めかしていうと、

「沙和子の結婚式のときのこと、おぼえてるか」

と訊いてきた。

沙和子はうなずいた。

「俺ってけっこう諦(あきら)めがわるくてさ、いまだに吹っ切れてないんだよな」

隼人は自嘲するようにいった。

沙和子は困惑した。とっさに返す言葉が見つからなかった。

結婚式のときのこととは、隼人が人目を避けて沙和子にそっと耳打ちしたことだった。

「沙和子、気づいてなかった？　俺が沙和子のこと好きだってこと」

隼人はそう囁いたのだ。

そのことは沙和子自身、気づいていた。だが付き合う相手として隼人は好ましいタイプではなかった。といってそうはいえず、そのときはわからなかったと驚いてみせた。

少しの間会話が途切れたあと、沙和子は訊いてみた。

「でも隼人、カノジョいるんでしょ？　というか、もう結婚してるとか」

「結婚？　俺がするタイプだと思う？」

すかさず訊き返されて、沙和子は笑っていった。

「思わない」

「だろ。付き合うの、俺どうも長続きしないんだよな。おかげで、いまフリーだよ」

こんどはっきり自嘲の笑いを浮かべて隼人はいった。

そして沙和子を誘ったのだ。ライフセーバーをしている海水浴場に水着を持って遊びにこないか。ダンナがいなくて学校も休みなら、ちょうどいいんじゃないか、と。

近況を話しているとき、代議士秘書をしている夫は鹿児島県選出の代議士に同行して地元に帰っていること。それに高校は夏休み中だということを沙和子は隼人に話していたのだった。

隼人に誘われて、沙和子ははっきりした返事はしなかった。そうね、とあいまいにいっただけだった。

それなのに隼人のいる海にきていた。彼に誘われて返した言葉と同様の、あいまいな気持ちのまま――。

ただ、なぜきたのか、たぶんそのせいだろうと思うことはあった。

それは沙和子自身が抱えている不満だった。それも結婚生活にまつわるそれだった。

沙和子と夫が結婚したのは、それぞれの親がたまたま友人だったことから紹介されたのがきっかけだった。

沙和子の不満は当初からあったわけではない。結婚して三年のうちの半ばあたりからその種がぽつぽつ落ちはじめ、それが徐々にめばえてきた、という感じだった。

三年のうちの半ばあたりは、ちょうど夫が変わりはじめた頃と一致していた。

結婚前からそこまでの夫はやさしくて、すべてに気配りのある人だった。ところがその頃から俗にいう〝釣った魚に餌はやらない〟を絵に描いたように変わってきた。すべてにおいて仕事優先で、沙和子との生活も時間もほとんど顧（かえり）みなくなった。夫婦の夜の生活、セックスの面においてもそうだった。

はじめのうち沙和子は、代議士秘書という仕事の特殊性もあるのかもしれないと、夫を理解しようと努めていた。

だが日々そういう生活を送っていると、徐々に不満の種が芽吹いてきて、沙和子を悩ませ苦しませることになったのだった。

2

ほどなく隼人がもどってきた。ウインドブレーカーにショートパンツという格好で、バックパックを肩にかけていた。

「お待たせ。俺のマンション——といってもワンルームでアパートみたいなもんだけど、歩いてすぐなんだ。ひとまず俺の部屋にいってから出直そう。サーフィン仲間がやってる、こじゃれたレストランがあるんだ。そこに案内するよ。いいだろ？」

いわれて沙和子は一瞬、隼人の部屋にいくことにためらいをおぼえたが、とっさにいやだといえず、うなずいていた。

隼人が住んでいるマンションは実際、車に乗るまでもない距離にあった。そこの駐車場に沙和子はフィアットを駐め、隼人と車から降りた。

隼人について彼の部屋に入ったとき、彼をフィアットに乗せたときから高鳴りはじめていた胸の動悸が一段と強まって、息苦しいまでになった。

「散らかってるけど、どうぞ。沙和子がホントにくるとわかってれば、ちょっとは片づけといたんだけど、ま、そこに座って」

隼人は苦笑いして沙和子にラブソファをすすめるとクーラーのスイッチを入れ、キッチンにいって冷蔵庫を開けた。

「オレンジジュースでもいいかな」

沙和子に背中を向けたまま訊く。

「ええ。いただくけどおかまいなく」

むっと熱気がこもっている部屋の中を見回しながら沙和子は答えた。

ワンルームの室内は、住人がいうとおり雑然としていた。沙和子が座っているラブソファの前のローテーブルの上は雑誌や小物で占められ、ほかも片づいているとはいえなかった。

それより部屋に入ったときから沙和子は緊張させられた場所があった。ラブソファのすぐ近くにある、タオルケットが乱れたままになっているベッドだ。

いまもベッドが気になって緊張していたし、落ち着かなかった。

そこに隼人がオレンジジュースが入ったグラスを手にしてもどってきた。

「どうぞ」

といってグラスを沙和子に手渡すと、テーブルの上のものを押しやってから窓辺にいった。

換気のために開けておいたらしい窓を、クーラーが効きはじめるまでそうしておいたようだ。レースのカーテンを分けて窓を閉めると、

「ごめん。また待たせてわるいんだけど、俺、シャワー浴びてくるからちょっとだけ待ってて」

申し訳なさそうにいう。

「ええ」と沙和子が応えると、隼人はすぐに浴室らしいドアを開けて中に入った。

ひとり取り残された沙和子は、ジュースを飲んだ。美味しい。よく冷えているからだけではなく、喉が渇いていたせいでもあった。しかも喉の渇きは暑さのためよりも胸の高鳴りや緊張のせいだった。

そのとき浴室からシャワーの音が聞こえてきた。

沙和子はうろたえると同時に軀が熱くなった。裸になっている隼人の姿が頭に浮かんできたのだ。それもさきほど海水浴場で見た、日焼けした逞しい肉体ばかりか、男のシンボルがくっきり浮かび上がっている黒いスイミングパンツまでも――。

沙和子はますますうろたえた。軀につづいて内腿(うちもも)が甘くうずき、両脚を締めつ

けてすり合わさずにはいられない。その甘いうずきは、熱くなっている恥ずかしい部分の奥からわいてきているのだった。

——やだ、どうして？　どうしてこんなことに……。

沙和子はあわてた。焦った。理由があるとしたら、セックスで充分な満足が得られていない、要するに欲求不満が溜まっているせいかもしれなかった。

夫とのセックスはここ一年あまり、月に一回もあればいいほうだった。それに合わせて夫の行為もそうなる前までと比べると、明らかに手抜きになった。

夫はもともと、どちらかといえばひとりよがりのセックスをするタイプだった。

もっとも沙和子自身、はじめからそう思ったわけではない。そもそも男の経験は多くなかった。夫を入れても三人だった。

それでもって男のセックスのタイプを云々（うんぬん）するのはどうかと思われるかもしれないが、沙和子はセックスにまつわる知識だけは思春期の頃から豊富に持っていて、それが体験を通して理解に至るまでにはそれなりに時間を要したということだった。

つまり、沙和子が夫のセックスのタイプがわかったのは、振り返ってみれば

──ということであって、皮肉にも夫が手抜きセックスをするようになってからだった。

沙和子のセックスにまつわる豊富な知識は、頭がよくて知的好奇心や興味が旺盛な少女が思春期を迎えたとき、ままあることで、特別なことではない。

ただ、沙和子の場合、それで異性関係やセックスに走ることはなかった。むしろ逆に性的なことに慎重になった。裏を返せばそれだけ真面目で自制心も強かったといえる。

ところが夫の手抜きセックスを経験するようになって、そして夫のセックスのタイプがわかってからというもの、これも皮肉なことに沙和子はそれまであまりおぼえなかった不満を抱くようになったのだった。

気持ちの動揺をしずめるべく、沙和子は窓辺に立ってレースのカーテンを少し開けて外を見ていた。

時刻は午後三時頃のはずだった。ギラついた陽射しが、目の前の家並み（やな）とその向こうに見えている青い海に照りつけていた。

「お待たせ」

不意に声をかけられて沙和子はギクッとした。夫とのセックスのことを考えていたうえに、声と一緒に肩に手を置かれたからだ。

「ビックリさせちゃったか。ごめん」

いって隼人は沙和子を自分のほうに向き直らせた。

沙和子は顔を上げられなかった。激しく動揺していた。

「どうしたんだ？　怖い顔して」

隼人が顔を覗き込んで訊く。

沙和子はなんでもないとかぶりを振った。そんな自分をふと、なんだか子供みたいだと思ったそのとき、隼人が両手で沙和子の顔をそっと挟み、上向かせた。

「だめッ」

とっさにキスされるのを予感して、沙和子は顔をそむけた。心臓が早鐘（はやがね）を打った。

「だめって、いやってことじゃないんだ」

いうなり隼人が沙和子を抱きすくめ、キスしてきた。

沙和子は逃れようとしたが隼人の両手で挟まれている顔をわずかに振るしかできない。唇が奪われ、さらに隼人が舌を入れてこようとするのを唇を締めつけて拒もうとしたとき、カッと頭の中が熱くなった。

硬いモノが下腹部に突き当たっているのだ。瞬時に、隼人の強張（こわば）りだとわかった。

隼人が強引に舌を入れてこようとする。沙和子はなおも唇を固く締め、拒もうとした。だが無理だった。強張りの感触に息苦しくなって呻き、隼人の舌の侵入を許した。

隼人が舌をからめてくる。それも沙和子のヒップにまわした手で腰を引きつけて、強張りをグイグイ押しつけてきながら。

躯が熱くなって、ふわっと浮く感覚と一緒に頭がクラクラする。自制心の壁が崩れ落ちるのを感じながら、沙和子は舌をからめ返していった。

一気に濃厚なキスになった。自制心を失った反動のように、沙和子は熱情と興奮をかきたてられて、隼人と貪り合うように舌をからめ合い、自分からも下腹部を強張りにすりつけていた。躯がふるえてしまうその感触に、こらえきれず鼻声を洩らしながら。

どちらからともなく唇が離れたとき、沙和子は息が弾んでいた。自分でも興奮と欲情のために顔が強張っているのがわかって、隼人を見ることができない。

ところがうつむいたことで露骨に突き上がっている隼人のショートパンツの前が眼に入り、ゾクッとして喘ぎそうになった。

隼人が黙って沙和子を抱き寄せた。背中にまわした手で、ノースリーブのワンピースのファスナーを下ろしていく。

沙和子はされるままになっていた。もう拒む意思はなかった。それよりもどこか自暴自棄に似た気持ちになっていた。

それでいて、これから起こるだろうことを想うと、抑えようもなく胸が高鳴っていた。

隼人がワンピースを脱がしていく。

部屋の中はクーラーが効いてきていたが、それでも夏特有の、人を開放的にする空気感が流れていた。そのせいか、沙和子はふと、現実を離れた世界に迷い込んでいくような錯覚にとらわれた。

そのとき、ワンピースが足元に落ちた。

「きれいだよ。それだし色っぽい。人妻だと思うからよけいにそうなのかな」

隼人がいった。淡い空色のブラとショーツに肌色のパンストという下着姿にされて、恥ずかしくてうつむいている沙和子に隼人の表情はわからないが、声に興奮が表れていた。

「いや……」

沙和子は小声を洩らした。

「ホントだよ。プロポーションがいいとこも俺が想ってたとおりだ」

人妻といわれたのを沙和子はいやがったのだが、そのことに隼人は気づかず、
沙和子の軀をほめると肩を抱いてベッドに誘った。

3

沙和子をベッドに上げると、隼人はベッドのそばに立ってTシャツとショートパンツを手早く脱ぎ捨てた。

思わず沙和子は隼人の下着に眼が釘付けになった。紺色のそれは、男性自身を包み込んでいるだけの超ビキニで、しかも露骨に盛り上がっている。

「さっきから思ってたんだけど、沙和子、男のここに過敏に反応してるみたいだな」

ビキニブリーフの膨らみを手で揺すって見せつけながら、隼人がいう。

「ダンナとのセックス、うまくいってないの？」

「そんな……隼人には関係ないでしょ」

当惑した沙和子は、ちょっとムッとしていった。

「ま、関係ないっちゃないけど、沙和子が会いにきてくれたことも関係あんのかなって思ったんだ」

「関係ないわ。暇だったからよ」

苦笑いしている隼人に、沙和子は対抗するように笑い返して、素っ気なくいった。

「そっか。じゃあ俺はたまたまツイてたってことか」

隼人はまた苦笑していうとベッドに上がってきた。横座りしている沙和子の後ろにまわると、両手でブラ越しに乳房を揉む。沙和子は声をこらえてのけぞった。

両手で乳房を揉みながら、隼人が沙和子の髪を顔で横に押しやり、首筋に唇を這(は)わせてくる。

ゾクゾクする性感に襲われて沙和子はふるえ、もう声をこらえることができず喘いだ。

ブラの下の乳首がしこって勃(た)ってきている。その乳首が甘くうずいて、ひとりでに腰がうごめいてしまう。さきほどから熱くなって濡れてきている秘芯が、乳首のそれに連動したようにうずき、ヒクつく。

いつのまにかブラホックが外されていて、隼人がブラを取り去った。

沙和子は両手で胸を隠した。その両手の下に隼人が両手を差し入れて、じかに乳房をとらえて揉む。一緒に過敏になっている乳首を手でこすられて、沙和子は喘いだ。快感がそのまま感じ入った声になった。

「感じやすいんだな。ほら乳首、もうビンビンに勃ってるぞ」

沙和子の反応に気をよくしたように、隼人が乳首を指でつまんでこねながら耳元で思わせぶりに囁き、内腿に手を這わせてくる。

沙和子はうろたえて太腿と一緒に隼人の手を締めつけた。それでも隼人はその手を強引に股間にこじ入れようとしながら、沙和子の耳に舌を差し入れてきた。

「アンッ、だめッ」

ゾクッとして太腿の締めつけが解けた。隼人の手が股間に滑り込み、ショーツ越しに秘苑（ひえん）を撫でる。

さらに指が割れ目に分け入ってきて、そこを上下にこすったり、こねたりする。

「アンッ、だめッ、だめだめッ……」

沙和子は身悶えした。ふるえをおびた声は、とてもいやがっている感じにはならなかった。事実、沙和子は抗しがたい快感をかきたてられて、隼人の指の動きに合わせて腰を律動させていた。

そのとき隼人が沙和子の両脚の内側から脚をからめて開脚を強いた。

「いやッ、だめッ」

羞恥に炙られて、沙和子は悲鳴をあげた。

ショーツはつけているものの、股間があらわになっている。しかも伸びきったクロッチの部分が秘苑をかろうじて覆っている状態だ。

隼人がクロッチの部分スレスレを指でなぞる。沙和子はその指を凝視したまま、というよりそこから眼が離せず、「いやッ」とかぶりを振った。戸惑いや狼狽で声がうわずった。

そんな沙和子の反応を楽しんでいるかのように、隼人はクロッチの両側の際どい場所を指でなぞったり、ピクピクふるえている内腿を股間に向けて撫でたりする。

いけないと思いながらも、沙和子は焦れったくてたまらなくなった。

「だ、だめッ、だめよッ」

ひとりでに腰がうねる。

「いいな。沙和子もこんないやらしい腰つきをするんだ。もっと触ってほしくてたまらないって感じだけど、そうなんだろ？」

隼人がわざとらしく辱(はずかし)めるようなことをいう。「いやッ」といって沙和子は顔をそむけた。

「じゃあこんなことはしてほしくないってこと？」

そういうと、隼人が指でショーツ越しにクリトリスのあたりをまさぐって、こねる。

「アアッ……それだめッ……」

沙和子はふるえ声でいって腰を律動させた。うずくような快感をかきたてられてそうせずにはいられない。

「だめって、いやだってこと？」

訊かれて、沙和子は思わずかぶりを振りたてた。

「じゃあもっと触ってほしいんだな」

もはや隼人の問いかけに逆らうことはできなかった。秘芯が泣きたくなるほどうずいていた。沙和子はうなずいた。

すると隼人の手がショーツの脇から侵入してきて、秘めやかな部分に触れた。

「おおすごッ。ビチョビチョじゃないか」

「いやッ」

悲痛な声を洩らして、沙和子はまた顔をそむけた。恥ずかしいほど濡れてきているのは、自分でもわかっていた。

隼人の指が過敏な肉芽をとらえて撫でまわす。快感がわきあがって、沙和子は喘いだ。腰がくねり、うねる。

隼人の指は肉芽だけでなく、その下の秘芯の口をこねたり、クレバスや肉びらをなぞったりする。

その場所場所で、沙和子は鋭い快感に襲われたり、もどかしさをかきたてられたりする。そればかりか、それを繰り返されているうち、もどかしさが快感を強める触媒になって、ますますたまらなくなる。

翻弄されながらも、沙和子は驚愕して思った。

――こんなにテクニシャンだなんて、きっと相当女性を経験してるんだわ……。

そのとき隼人が沙和子を弄(もてあそ)ぶのをやめ、前にまわるとショーツに手をかけてきた。

「沙和子のショーツを脱がすなんて、夢みたいだな。ゾクゾクして漏らしちゃいそうだよ」

「いやッ、やめてッ」

隼人の言い種(ぐさ)に羞恥を煽られて沙和子は身悶えた。

反対に隼人のほうはそんな沙和子の反応にますます興奮したようすでショーツを下ろし、取り去ると、両膝を立てた格好にして押し開いた。

「いやッ」

沙和子は両手で股間を隠した。

「そんなことをしてると楽しめないぞ。ほら、気持ちよくしてあげるから手をどけて」

そういって隼人が沙和子の両手を股間から剝(は)がそうとする。

沙和子は隼人の手をつかんで拒もうとした。が、力で隼人に敵うはずもなく、なにより沙和子自身なんとしても拒絶しようとする意思がないため、あっさり股間から手が剝がされて、沙和子は両手で顔を覆った。

「へえ～。沙和子のここ、意外にいやらしいんだな」

「いやッ」

いままでだれにもいわれたことがない恥ずかしいことをいわれて、沙和子は全身が火になった。

沙和子自身、自分のそこをいやらしいと思っていたのだ。

ヘアがかなり濃くて、性器を取り巻くように生えている。そして肉びらがぼってりとした感じで、内側はきれいなピンク色だけど外側は赤黒い色をしていて、その部分の表皮だけ皺ばんでいる。それを見て沙和子は、なんだか中国野菜のターサイの葉みたいと思ったものだ。

あからさまになっているそこを隼人に見られていると思うと、突き刺さってくるような視線を感じて軀がふるえ、息が乱れるのを抑えられない。

「いっとくけど、いい意味でいやらしいんだよ。わかりやすくいえば、ペニスが勃っちゃういやらしさってことだ」

いうなり隼人が両手で肉びらを分けた。

沙和子は息を呑んだ。ヒクッと腰が跳ね、「だめッ」とふるえ声が出た。

「おお、きれいなピンク色をした中が、物欲しそうにうごめいてるぞ」

「いやッ。いやらしいこと、いわないでッ」

沙和子はそれだけいうのがやっとだった。あからさまにされている粘膜が収縮と弛緩を繰り返しているのが自分でもわかって、息をするのも苦しい。

それにこうやって見られてこんなことをいわれたのは、これまでなかったことだった。それだけに頭がどうかなってしまいそうな恥ずかしさに襲われていたが、それだけではなかった。同時にめまいがするような興奮にも襲われていた。

そのとき、クレバスにヌメッとしたものを感じて、沙和子は息を呑んでのけぞった。ついで、

「アアッ」

と、身ぶるいして昂った喘ぎ声を洩らし、腰を跳ね上げた。舌でクレバスを舐め上げられたのだ。

隼人の舌がクリトリスをくすぐるように舐めまわす。そうかと思えば弾く。

それにクリトリスだけでなく、膣口をまさぐったり、尿道口のあたりを圧迫して舐め上げたりもする。それを繰り返す……。

またたくまに沙和子は翻弄されていた。というより狂乱させられていた。

ここ一年あまり、夫からクンニリングスをされたことは一度もなかった。

それだけでも夫婦のセックスの有り様を物語っていたが、前戯からして夫は沙和子の乳房を揉み、乳首を舐めまわしながら秘部を弄るだけで、少しでも濡れてきたとみるやもう充分とばかりに前戯をやめる。

そのくせ自分は沙和子にフェラチオをさせ、勃起すると——三十五歳にしてはいつも力強くというほどにはならないけれど、すぐに挿入してマイペースで射精するのだ。

そんな夫の行為のあと、沙和子はたまりかねて一度だけ、コトを終えたらさっさと眠る夫に背を向けて指を使ったことがある。夫が今回帰省する前夜のことだった。

だが満たされるどころか、ひどく惨めな思いだけが残った。

隼人に偶然出会ったのは、それから三日後のことだった。

そしてこれまた偶然その前に惨めな思いをしたがために、沙和子は隼人に会いにきたともいえる。

少なくともそれが隼人に会いにきた理由の一つであることは確かだった。

4

「だめッ、隼人もうだめッ、おねがい、もうやめてッ、これ以上されたら死んじゃう……」

沙和子は隼人の頭を両手で押しやろうとしながら息も絶え絶えに懇願した。

隼人の舌でたてつづけに絶頂に追いやられて、実際、恐ろしくなっていた。

ようやく、隼人が顔を上げた。

「よかったか」

笑いかけて訊かれて、沙和子はうなずいた。自分でも戸惑うほど素直に。

「ダンナにされたときも、いつもこんなに感じてるの？」

沙和子はかぶりを振った。

「久しぶりなの。それにこんなの、初めて」

思わず本当のことが口をついて出た。

「なにそれ?!」

隼人は唖然としている。

「え？　結婚してまだ三年目だってのに、ダンナ、クンニしてくれないの？」

沙和子はうなずいた。そして、快い気だるさに包まれている軀をゆっくり起こした。

隼人は膝をついて立っている。紺色のビキニブリーフの前の〝盛り上がり〟を見たとたん沙和子は軀がふるえ、同時に秘芯がヒクついて腰がくねり、隼人のそれに這い寄っていった。

隼人が黙ってブリーフをずり下げた。目の前でブルンと肉棒が跳ねて飛び出し、沙和子はゾクッとして「アアッ」と喘いだ。

隼人がブリーフを脚から交互に抜き取る。それを待って沙和子はいきり勃っている肉棒を手にすると、唇を近寄せて舌を這わせた。

隼人のそれは、夫のものよりも太さも長さもはるかに大きい。それに勃起している状態も比べものにならないほど硬くて逞しい。くわえてみごとに反って、しかもエラが張っているため、まるで毒蛇が頭をもたげて獲物を狙っているように見える。

男の経験は三人しかない沙和子だが、こんなにも恐ろしいほどの凄味があるペニスは初めてだった。

ゾクゾクしながら、その毒蛇の頭から胴体を舐めまわし、くすぐりたててからくわえ、顔を振ってしごいていると、興奮を煽られて頭がクラクラした。それだけで軀がふるえてしまう。

そればかりか、それが自分の中に入ってくるのだと想うと、それだけで軀がふるえてしまう。


さらに、クンニリングスでなんども達して熱くうずいている秘芯がうごめき、ひとりでに軀がくねって、喘ぎが甘い鼻声になる。

「すごいな。沙和子のフェラ、まるでしゃぶり尽くされるみたいでたまンないよ。クンニは久しぶりだっていってたけど、フェラはどうなんだ？　フェラも久しぶりなのか」

隼人が訊く。沙和子はかぶりを振った。

「ハハン、そういうことか。ダンナ、沙和子にフェラはさせるけど、クンニはしないってタイプなんだ」

沙和子は顔を振るのをやめてうなずき、またしごく。

「ダンナと月何回ぐらいのペースでやってるの？」

肉棒から口を離すと、唾液にまみれて濡れ光っているそれを見つめたまま、沙和子はいった。

「一回あるかないか……」

「そりゃ怠慢もいいとこだな。じゃあシックスナインなんてやったことないんじゃないか」

沙和子はうなずいた。夫の前に付き合った相手とはしたことがあったが、手抜きセックスをするようになる前も夫とはしたことがなかった。

「やってみようよ。したいだろ?」

「しらないッ」

本音はわかってるぞといわんばかりの隼人の訊き方に、沙和子はすねたようにいった。したいといったも同然だった。

隼人は仰向けに寝ると、沙和子に反対向きに上になるよううながした。女上位のシックスナインだった。

沙和子はいわれたとおりにした。恥ずかしさもあったが、それ以上にドキドキワクワクしていた。

そんな沙和子の秘苑に隼人が手を這わせてきて、肉びらを分けた。ゾクッとして沙和子も目の前の怒張(どちょう)に舌をからめていった。

すぐにフェラチオとクンニリングスのせめぎ合いになった。快感をかきたてる隼人の舌に対抗して、沙和子も夢中になって怒張を舐めまわし、くわえてしごく。

　こらえきれない声が泣くような鼻声になる。たまらなくなって隼人の口から逃れようとする。が、快感につられて逆に秘苑を彼の口に押しつけてしまう。

　隼人はクリトリスを攻めるだけでなく、ときおり舌を膣口に挿し入れてくる。

　それも繰り返し――。

　沙和子は怒張をくわえたり舐めたりできなくなって、手にしてしごいた。もう快感をこらえるのも無理だった。

「もうだめッ、イッちゃう！」

　いうなり隼人の脚にしがみつくと、攻めたてるように律動する彼の舌で絶頂に追いやられ、「イクイクッ」とよがり泣きながらオルガスムスのふるえに襲われる……。

　隼人は起き上がると沙和子を仰向けにした。

　沙和子は息を弾ませながら、快感がぶり返して軀をヒクつかせていた。

　隼人が沙和子の両脚を開き、その間に軀を入れてきた。怒張を手に、一方の手でヘアを撫で上げると、亀頭をクレバスにこすりつけてくる。

　クチュクチュと濡れた音がたち、うずくような快感をかきたてられて、沙和子は夢中になって腰をうねらせた。

「どう、ほしい？」

隼人が訊く。沙和子は強くうなずき返した。必死に懇願した。

「じゃあ入れるよ」

隼人が亀頭で秘口をこねながらいう。

「入れてッ、きてッ」

沙和子はいった。泣きたいほど、秘芯がうずいていた。そこを貫かれたい一心で、腰がうねって催促する。口に出して挿入を求めたのは、初めてのことだった。

隼人が入ってきた。息が詰まった。ヌルッと滑り込んできた肉棒は、だがそのまま奥まで入ってこないで止まった。

沙和子はつむっている眼を開けた。

隼人は沙和子を見ていた。眼が合ったとたん、それを待っていたように一気に奥まで突き入ってきた。

したたかな快感に沙和子は喘ぎ声を放ってのけぞった。同時にめまいと一緒に達してオルガスムスのふるえに襲われた。

茫然として息を弾ませていると、隼人が笑いかけてきた。

「いい顔してる。きれいだよ。俺が見たなかで、沙和子の一番きれいな顔だ」

「いや」

沙和子は顔をそむけた。いやがったわけではなく戸惑って。それも思いがけない言葉で気持ちをくすぐられたためだった。

隼人が肉棒を抜き挿ししはじめた。それに合わせて沙和子は喘いだ。快感をかきたてられて、気持ちよくて声をこらえるのは到底無理だった。

肉棒を突きたてられると、甘いうずきが子宮にまで響く感じがある。そして引かれると、その甘いうずきを持ち去られるような感覚に襲われて追い求めたくなり、そこをまた突きたてられると、そのぶん快感が強くなる。

それに肉棒を抜き挿しされて秘芯をこすられること自体が快感で、そうされているうちに涙が出るほどよくなってきた。

「え?! マジか。沙和子、涙流してるぞ」

実際、泣いていたらしい。隼人が驚いていった。

沙和子は隼人に抱きついた。そのまま、隼人が沙和子を起こした。

対面座位の体位になって、結合がより深くなった。じっとしていられない甘美なうずきに衝き動かされて沙和子は隼人にしがみつくと、腰をクイクイ振りたてた。

「いいッ、アアン気持ちいいッ」

「おお、グリグリ当たってるよ」

隼人がいうとおり、深い結合で子宮口と亀頭がこすれ合っているのだ。それでわきあがる強烈な快感に、沙和子はよがり泣いていた。

隼人が両手で沙和子のヒップを抱え込み、揺すりはじめた。さらに快感が強まって、沙和子もみずから律動した。すぐそこにある、めくるめく絶頂を求めずにはいられなくなって。

もう充分クーラーが効いているはずだが、ふたりとも汗まみれだった。オイルでも塗ったようなふたりの軀がベッドの上で弾む。「イクッ」と沙和子は呻き声を放って達し、絶頂のふるえに襲われた。

「上になってごらん」

隼人がそういって仰向けに寝た。

「だめよ。すぐまたイッちゃいそう……」

沙和子は怯えていった。

「いいじゃないか。思いきり楽しんで何回でもイッちゃえ」

隼人にけしかけられて、沙和子はおずおずと彼の上になった。鎌首を持ち上げている〝毒蛇〟を手にすると、ゾクゾクしながらそれを秘口に当てる……。

……シャワーを浴びていると、ひとりでに軀がヒクついた。何度も絶頂に達した情事の余韻が、まだ生々しく残っていた。

シャワーを止め、沙和子は胸を見た。みずみずしい張りを保っている膨らみもその頂の乳首も、自分でもいやらしく感じるほど艶めいて見える。

下腹部に視線を移すと、濃いめのヘアもいやらしく見えて、軀全体が淫靡な感じになったような気がする。

隼人のセックスは、沙和子がこれまで経験したことのないものだった。力強さ、テクニック、体位、そのどれをとっても――。

騎乗位でイッたあと、沙和子はそのまま隼人に背中を向けた体位を取らされた。

それは沙和子にとって初めて経験する体位だった。

ふたりが繋がっているところを隼人に見られながら腰を律動していると、恥ずかしさが強い刺戟になって、気がおかしくなりそうなほど興奮してしまった。

さらに後背位や側位、最後に正常位にもどってふたり一緒にクライマックスを迎えるまで、沙和子は何度イッたかわからなかった。

長い嵐のような行為のあと、ふたりの汗に濡れたシーツの上に並んで仰向けになっていると、隼人がいった。

「また逢いたいな」

「だめよ」

即座に沙和子はいった。

隼人は軀を半回転させて沙和子のほうを向いた。

「どうして?」

「どうしてって……これでもわたし、人妻だから」

ふと頭に浮かんだ言い訳を、沙和子は口にした。

「なら、ダンナと別れちゃえばいいじゃないか。結婚して三年でうまくいってないなら、この先よくなるわけないし、早いとこ離婚したほうがいいぜ」

「人事だと思って、簡単にいわないで」

「沙和子のためを思っていってんだよ」

「わたしのためより、自分のためでしょ」

沙和子は隼人を睨んだ。充分に満たされた情事のあとのせいで、優しい眼つきになった。

すると隼人がニヤッと笑いかけてきて、

「それをいうなら、ふたりのためといってほしいな」

といって沙和子の手を取り、ペニスに導いた。

「ほら触って」

といわれて沙和子は驚いた。射精したばかりだというのに、それはもういきり勃っているのだ。

それを沙和子はそっと握った。

「俺さ、少なくともたてつづけに三回はやれるんだよ」

隼人が怒張を脈動させていう。

——このあと、食事をしてもどったらそうするつもりなのかも……。

そう思ったら、沙和子は軀が熱くなって秘芯がうずいた。

「ただ、そういうのをいやがる女もいてさ、それできらわれちゃうこともあるんだけど、沙和子はそんなことないだろ？　ていうか歓迎してくれるだろ？」

「そんな、勝手なこといわないで」

このあとのことに気を奪われていた沙和子は当惑し、憤慨(ふんがい)してみせた。だが隼人の笑みを見て狼狽した。沙和子の気持ちを見透かしているような笑みだった。

「ほら、これ気に入ってくれたみたいじゃないか」

隼人が下腹部を見ていって、また怒張を脈動させた。

憤慨してみせたり狼狽したりしながらも、沙和子の手はしっかりペニスを握っている。

「しらない」

そういって怒張から手を離すと、隼人に抱きすくめられた。

「食事してもどったら、たっぷり時間をかけて失神させてやるよ」

耳元で思わせぶりに囁かれて、沙和子はまた躯が熱くなった。自分でも驚くほど過敏になっていた。

それからベッドを出ると、レストランに電話を入れておくという隼人を残して沙和子だけ先に浴室に入ったのだった。

いつになく艶めいている躯にボディソープを塗りつけながら沙和子は、ここまでの隼人とのことすべてが陽炎の中で揺らいでいるように思えた。それに自分のこれからのことも……。

そこに隼人が入ってきた。いきり勃ってまるで凶器を想わせるペニスを誇示するようにして。

沙和子は軀がふるえて喘ぎそうになった。そのとき不意に自暴自棄な気持ちが込み上げてきた。それはどこか快感に似ていた。

同棲時代

1

年初めのパーティなどが開かれているのだろう。金曜日の昼下がりにしては都心のホテルのロビーはいつになく賑やかで、着飾った女たちで華やいでいた。

そんなロビーを通っていると、前からくる女が眼に留まった。

その顔を見て、宮永則文は驚きに襲われた。

女と接近したとき思わず、「比佐子、さん？」と声をかけていた。女の顔に若い頃の面影はあるものの、確信はなかった。

女は驚き、戸惑ったような表情で宮永を見た。が、すぐにその表情が輝いて、

「宮永さん？　ノリちゃん？」

確認するような口調でたてつづけに訊く。

宮永は興奮していった。

「そうだよ！　いやァ驚いた、こんな偶然があるなんて！」

「エーッ、信じられない……」

比佐子も興奮しているようすだ。

宮永は、だが、女が比佐子だとわかって後ろめたさをおぼえた。それでも興奮のほうが勝っていた。比佐子にしても複雑な思いがあるはずだが、宮永と同じらしい。長い年月がすぎたせいかもしれない。

「でもなんだか恥ずかしいわ。こんなに歳取って会うなんて」

比佐子が言葉どおり気恥ずかしそうに微苦笑していった。

「なにも恥ずかしがることはないさ。歳のことをいえばおたがいさまだ。いや、俺はもうジジイだけど比佐子はまだ若いよ」

「そんな、ノリちゃんのほうこそ若いわ。だからわたし恥ずかしいのよ」

ふたりはかつて、それも遠い過去に「ノリちゃん」「比佐子」と呼び合っていたときがあったのだった。

「じゃあ、おたがいまだ若いってことにしよう。それでいいんじゃないか」

宮永の笑いに誘われたように比佐子も微笑んだ。

「それにしても驚いた。まだ興奮してるよ。何年ぶりかな。……四十年ぐらいになるんじゃないか」

「そうね、それぐらいになるわね」

笑みを浮かべたまま、比佐子が感慨深そうにいう。

学生時代、一年あまり同棲していたことがあったふたりだった。宮永が大学三年の中頃から卒業前までの期間。比佐子は一年後輩だったが、宮永のほうは一浪していたので、比佐子が二つ年下だった。

二〇一三年のいまから数えると、四十年ほども前のことだ。そして、宮永は現在六十四歳だから、比佐子は六十二歳になっているはずだった。

卒業して広告会社に就職した宮永は、数年後比佐子の噂を耳にしたことがあった。

実家がある山口に帰って、全国的にも知られている酒造元に嫁ぎ、姓が吉川(よしかわ)から津田(つだ)に変わったということだった。

それからのことはまったく知らない。

六十二歳になった比佐子は、二十歳の頃のキュートな、それでいて凛(りん)とした面影がいまもどこかに残っていて、そのせいで大袈裟でなく十歳は若く見える。スーツを着てコートを手にしているその姿も、歳より若々しい。相変わらずプロポーションがいいせいもあるが、一言でいえば、きれいに歳を取っている。

　そんな比佐子と再会して、話したいことはいくらでもあった。ところが宮永にはその時間がなかった。比佐子にしても都合があるだろうと思って訊くと、これから友達と会う約束なのだという。

「ほら、昔サークルが一緒だった直子、ノリちゃんも知ってるでしょ？」

「ナオコ？……富島直子か」

「そう。彼女、いまは社長夫人なのよ。大学卒業後は音信不通だったんだけど、二年前、還暦の同窓会で再会してから、わたしが上京するたびに会って食事したりするようになったの」

「そうか……」

　宮永は内心の動揺を隠してつぶやいた。

「ノリちゃんと会ったといったら、直子も驚くと思うわ。でも彼女には内緒にしておこうかしら」

　比佐子は笑みを浮かべて、なぜか宮永の反応を窺うような眼つきで彼を見る。

「どうして？」

　宮永は平静を装って訊いた。

「ふと思ったの。ノリちゃんと会ったこと、わたしだけの秘密にしておこうかなって」

比佐子の笑みが秘密めかしたようなそれに変わっている。

どういう意味か訊こうか訊くまいか、宮永は迷った。

すると比佐子が話を変えた。比佐子は二日前に山口から上京して世田谷の娘の家に一泊し、昨日から都心のこのホテルに泊まっているのだという。

上京の目的は仕事のことがメインなので、それをこなすには娘の家よりもホテルのほうがすべてに便利で都合がいいらしい。

「へえ～、比佐子、仕事してるんだ。ということは、ご主人が社長で、比佐子が副社長とか」

仕事と聞いて宮永がそういうと、比佐子はふっと表情を曇らせてうつむいた。

「主人、四年前に亡くなったの。ガンで」

宮永は虚を衝かれた。

「お気の毒に……比佐子も辛い思いをしたんだな」

「ええ、しばらくは途方に暮れてしまって……でもそのうち、蔵元をだめにしてしまったら、主人に申し訳ない、なんとかしなければと思って、その一心で必死にがんばってきたの」

「で、蔵元の経営は順調なのか」

「おかげさまで、いまのところは」

「そうか。それはよかった。比佐子は学生時代からがんばり屋で、出来もよかったからな。さすがだ。でもそれを聞いてわかったよ。再会したときから、どうもふつうの奥さんとはちがう、なんかオーラみたいなものがあるって感じてたんだけど、ヤリ手の、しかも魅力的な女社長のそれだったんだ」

「そんな、褒めすぎよ。それより、ごめんなさい。わたしのことばかり話して。ノリちゃんはどうしてここに？」

「ああ、ちょっと仕事関係の人間と会う約束があってね」

宮永はとっさにウソをついた。

「まだ広告会社に勤めてるの？」

「いや。退職してから自分でちっぽけな広告会社をやってる」

「へえ、社長さんなんだ」

「比佐子のようなちゃんとした社長じゃなくて、俺のほうは肩書だけだよ。社員十人足らずの小さな会社のね」

宮永は苦笑いしていうと、訊いた。

「それより明日逢えないか？」

「え？　ええ、大丈夫よ。明後日帰るので、明日はフリータイムにするために予定を入れてないから」

　宮永はすぐに逢う時刻と場所を考えて、比佐子に伝えた。そして携帯の番号を教え合った。

　ふたりはその場で別れた。ただ宮永のほうは、比佐子がホテルを出ていくのを見届けてからエレベーターホールに向かった。

2

　ドアが開くと、白いバスローブをまとった麻衣（まい）が色っぽく笑いかけてきた。宮永は部屋に入った。

　宮永が脱いだコートを、麻衣が受け取ってクロゼットにかけた。

　それを待って宮永は麻衣を向き直らせ、すぐに唇を奪った。

　麻衣は小さく呻いた。宮永は舌を差し入れて麻衣の舌にからめていった。麻衣が甘い鼻声を洩らして宮永の首に両腕をまわし、舌をからめ返してくる。

　比佐子と別れて麻衣が待っているこのホテルの部屋にくるまでに、宮永は年甲（としが）

甲斐もないと自嘲しながらもハイテンションになっていた。

それも気持ちの高揚だけではなかった。同棲していたときの比佐子の若い裸身や彼女とのセックスが、四十年も前のことにもかかわらず妙に生々しく頭に浮かんできて、異様に欲望も高まっていた。

「ああすごい！」

身をくねらせて唇を離した麻衣がうわずった声でいった。宮永の股間を手でまさぐっている。

「信じられない、宮永さんの年齢でこんなにビンビンになるなんて」

麻衣の手は、宮永のズボンの前を突き上げている強張りを撫でまわしている。

「……ということは、麻衣は俺ぐらいの歳の男を何人か知ってるってことだな」

「やだ、そう思っただけよ。宮永さんぐらいの人、宮永さんが初めてよ」

そういって麻衣は宮永を甘く睨み、ズボン越しに強張りをギュッと握った。

麻衣は二十五歳の独身で、画家を目指すかたわらバーに勤めている。そしてこれまでのところ、月に二、三回ホテルで逢っている。

そのバーで出会い、男と女の関係になって三カ月あまりになる。

宮永は、七年ほど前に熟年離婚して以来独身だった。ただ、もともと熟女好きで、三十歳をすぎてからは二十代の女と関係を持ったことはなく、麻衣が初めてだった。

それを思うと、なにか麻衣との関係が比佐子との偶然の再会をもたらしたような感じもして、妙な気持ちになる。

「初めてで、どうして信じられないなんていえるんだ？」

訊くなり宮永はいささか乱暴にバスローブの胸元をはだけた。麻衣の驚いたような喘ぎ声と同時に乳房があらわになった。

「だって男の人って、フツーそうなんでしょ？」

バスローブをはだけてそのまま宮永が腕をつかんでいるため、麻衣は胸を隠すことはできない。

「まァな、個人差はあるけど……」

量感も形も申し分ない、みずみずしい乳房に眼を奪われたまま、宮永は苦笑いしていいながらバスローブの紐を解(ほど)いて脱がす。

麻衣はショーツだけになった。刺繍が施されているがピンク色のシンプルな形のショーツだ。

「そのまま躯を隠さないで、絵のモデルのようにじっとしててくれ」

「え?!　どうして？」

「見ていたいんだ」

「……今日の宮永さん、なんだか変だわ」

戸惑ったようすを見せながらも麻衣は宮永のいったとおりにしている。

そればかりか、その裸身を見ながら宮永が服を脱いでいると、持ち前の茶目っ気を出して笑ってポーズを取ったりする。

宮永はボクサーパンツだけになった。ぴったりフィットしているので、布地を突き上げている強張りが露骨になっている。

実際、麻衣がいうとおり、年齢からは考えられない勃起だが、これにはわけがあった。勃起薬を飲んでいるからだった。

麻衣と関係を持つまでの宮永は、さすがに年齢相応に勃起力が落ちてきていた。

たまに行為のさなかに萎えてくる〝中折れ〟になることもあった。

そこで、若い麻衣を相手にすることになって初めて勃起薬を使用したのだ。

結果は、宮永自身驚くほど効果絶大だった。以来愛用していて、そのことは麻衣には内緒にしていた。

宮永は、麻衣の完璧といっていいプロポーションの裸身を舐めるように見ながら、そこに比佐子を重ねていた。

もちろん、四十年も前の比佐子の裸をそのまま想い浮かべることなどできない。ただ、麻衣の裸を見ているとイメージとしてよみがえってきて、さらに生々しさまで出てくるのだった。

「すごいッ、ヒクヒクしてる！」

麻衣が興奮した声でいった。宮永のパンツの前に、眼を奪われている。

宮永は麻衣の前にひざまずいた。ショーツのこんもりとした盛り上がりが、怒張をうずかせる。両手をショーツにかけて下ろしていく。麻衣はわずかに腰をくねらせただけで、されるままになっている。

宮永の前にヘアがあらわになった。麻衣のヘアは薄く、恥骨が高い、いわゆる〝土手高〟の肉丘（にくきゅう）が透けて見えている。

比佐子も〝土手高〟だったが、キュートな顔に似合わず、ヘアは濃密だった。

「わたしも見たい、見せて」

立ち上がった宮永に麻衣がいって、前にひざまずく。宮永が見下ろしていると、色めいた顔つきで両手をパンツにかけて下ろしていく。

パンツが怒張に引っかかって、ブルンと生々しく弾んで露出し、同時に麻衣が喘いだ。

「すごォ〜い。宮永さん、若い子にも全然負けてない！」

麻衣が興奮していう。それもそのはず、いきり勃った肉棒は斜め上方に向かって突き出しているのだ。

「ああん、舐めたくなっちゃった。舐めていい？」

怒張を見つめたまま訊いた麻衣が、宮永が「いいよ」というのとほとんど同時に亀頭に口をつけてきた。

麻衣は最初からセックスに対して奔放なところがあった。羞恥心がないとか淫らだとかではなく、セックスを積極的に愉しもうとするタイプだった。

その点、比佐子はちがっていた。なにしろバージンで、宮永が最初の男だったのだから無理もない。

ただ、女としての歓びにめざめるのは早かった。宮永と関係を持って半年もすると、セックスに対する積極さも出てきた。

麻衣が熱心に肉棒を舐めまわしたりくわえてしごいたりするのを見下ろしながら、宮永は比佐子のフェラチオを思い出していた。

当時はいまとちがってセックスについての情報が少なく、そのため経験のない若い男女のセックスは手さぐりのような状態で、比佐子の前に女を一人経験していた宮永にしても、未経験者よりは多少ましな程度だった。

もっともそのぶん、一つ一つの行為が新鮮だったり興味をかきたてられるものだったりして、振り返ってみると、セックスが楽しくて仕方なかった時期でもあった。

宮永が比佐子にフェラチオの仕方を教えたのは、そんなときだった。

当初ためらいがちにペニスを舐めたりくわえたりしていた初々しさや、そのうちいまの麻衣のように情熱的にしゃぶったりしごいたりするようになった比佐子のようすが脳裏に浮かんできて、宮永はいつにない興奮をおぼえていた。

せつなげな麻衣の鼻声が、宮永を思い出から引きもどした。宮永は麻衣を抱いて立たせると、ベッドに上げた。

仰向けに寝かせて覆い被さると、乳房に口をつけた。両手で弾力のある膨らみを揉みながら、乳首を舌で舐めまわし口にくわえて吸ったりする。

麻衣の乳房は、若いときの比佐子と似ている。量感や形だけでなく、きれいな色の乳暈(にゅううん)や小ぶりだがくっきりと突き出している乳首も、それにその感じやすさも。

乳房に与えられる快感にくわえて宮永の強張りを下腹部に感じて刺戟されているのだろう。麻衣がきれぎれに喘ぎながら腰をくねらせる。

宮永は麻衣の下半身に移動して脚を開かせた。

秘苑が宮永の前にあらわになった。比佐子のそこは、秘唇の形も色もきれいだった。その、濃いヘアとのコントラストが印象的だったので、記憶に残っていた。

それに比べて麻衣の秘唇は赤褐色で肉厚なため、貪欲な唇を想わせる。ヘアが薄いから秘唇が目立って、よけいにそう感じさせるところもある。

宮永は両手で秘唇を分けた。麻衣が喘いで腰をヒクつかせるのと一緒にぱっくりと唇が開き、ピンク色の粘膜が露呈した。

ジトッと濡れて、鈍く光っている。

そこに、宮永は口をつけた。

「アアッ――!」

麻衣が鋭く喘いでのけぞった。

比佐子はクンニリングスをされるのが好きだった。当然のことに強い快感が得られるからで、実際に宮永の舌で必ずイッた。

麻衣もそうだ。麻衣の場合は、宮永の舌でイクとすぐにペニスがほしくてたまらなくなって自分から求めてくるのだが、当時の比佐子はまだ経験が浅かったせいか、それともそうしてほしくても恥ずかしくてそうできなかったのか、麻衣のようなことはなかった。

宮永は麻衣に舌を使って悩ましい喘ぎ声を洩らさせながら、思った。六十二歳になった比佐子の軀は、それにセックスはどんなだろう……。

3

翌日の土曜日の昼、宮永は比佐子とフレンチレストランで逢った。

この日の比佐子は、コートの下にイタリアあたりのブランドものらしいニットのツーピースを着ていた。

その姿を見て、宮永は胸がときめいた。そればかりか欲情をおぼえた。ニットを通して見て取れる軀つきは、還暦をすぎているにしては均整が取れていて、昔に比べるといくぶん肉がついているようだが、それがいかにも熟しきった女体を感じさせて、熟女好きの宮永の欲望をそそったからだった。

ランチを摂りはじめて早々に宮永は切り出した。

「ずっと気になっていたんだけど、比佐子は俺のこと、怒って恨んでるんじゃないか」

「え?! どうして?」

「だって俺は、無責任なことをいって比佐子を傷つけた。結果それで別れることになったんだから、恨まれて当然だと思ってた。いやいまも思ってる」

「そんな、そんなふうに思ったことなんてないわよ。ふたりとも若かったし、第一わたしもいけなかったんだから、おたがいさまよ。わたし、ノリちゃんとのこと、いい思い出だと思ってるわ」

比佐子が穏やかな笑みを浮かべていった。

「うれしいな、そういってもらえると。なんだか、長年の胸の支えが取れた感じだよ」

宮永は本音を洩らしてグラスを持ち上げ、比佐子に乾杯をうながした。ふたりは笑みを交わしてグラスを合わせ、ワインを飲んだ。

宮永がいった「無責任なこと」とは、比佐子に妊娠したようだと告げられたときのことだった。

宮永はうろたえた。父親になる覚悟など、とてもまだなかった。比佐子との結婚も考えていなかった。

恋だの愛だのわかっているつもりで口にはしていたが、好きな比佐子といつでもセックスができる状態でいたい、というのが本音だった。

宮永は比佐子に堕胎を求めた。それに対して比佐子はなにもいわなかった。いわれなくても宮永は、比佐子に自分の無責任さ、卑怯さを見抜かれていると感じていたたまれなかった。

ところが妊娠はまちがいだったのだ。比佐子の生理が遅れただけだった。

だがそうとわかっても、ふたりの関係はもとにもどらなかった。

ちょうど宮永のほうは卒業が迫っていた。そこで、ふたりは別れることになった。切り出したのは比佐子のほうだった。

最後はいい思い出とはいえなかったが、同棲生活は楽しいことのほうが多かった。宮永だけでなく比佐子もそう思っていたようで、ふたりの会話は弾んだ。

「ご主人が亡くなったということだけど、それからどうなんだ、再婚は？」

宮永は気になっていたことを訊いた。

「してないし、いまのところする気もないわ」

比佐子はあっさりいった。

「でも彼氏はいるんじゃないか」

「いないわよ、そんなヒト」

「どうして？」

「どうしてって、どういう意味？」

思わず訊いた宮永に、比佐子が怪訝な表情で訊き返す。

「あ、いや、比佐子ならいても不思議はないと思ったからさ」

「いなくてがっかりした？」

比佐子が揶揄する眼つきで宮永を見る。

「バカ。逆だよ」

宮永が苦笑いしていうと、比佐子はぷっと吹き出した。

「昔のわたしたちの会話みたい」

ホントにそうだと思うと同時に、宮永は胸が熱くなった。

「わたしよりノリちゃんのほうこそどうなの？　いいヒトいるんでしょ？」

比佐子が興味津々の顔つきで訊いてきた。

「それが俺の場合は熟年離婚だからね、すっかり女性不信に陥っちゃって、なかなかそうはいかないんだよ」

宮永はまた苦笑いしていうと、

「それより、じつはこのあと連れていきたいところがあるんだ」

「わたしを？　どこ？」

「そのうちわかるよ」

宮永は秘密めかしていった。


レストランを出てタクシーを停め、宮永は比佐子と乗り込んだ。

「中野新橋（なかのしんばし）まで。地下鉄の駅までいってもらったら、あとはいいます」

運転手にそういって比佐子を見ると、顔に驚きの表情がひろがっていた。中野新橋は、ふたりが同棲していた場所だった。

タクシーが走りだした。ふたりとも黙っていた。宮永と同じように比佐子も、四十年前にタイムスリップしていくような感覚につつまれて、言葉は邪魔だと感じているかのように。

いまでは特別なことではない同棲も、当時は珍しかった。

その頃、『同棲』という言葉が出現して、若い恋人たちの同棲生活を題材にした〝南こうせつとかぐや姫〟の『神田川』や劇画家の上村一夫の『同棲時代』などが流行り、同棲する若者たちが出てきたが、当時はまだ少数派だった。世相的にも、若い男女が結婚の約束もないまま一緒に生活することを問題視する風潮が強く残っていた時代でもあった。

同棲していたとき宮永と比佐子は、『神田川』や『同棲時代』の世界が自分たちと似ているところがあるといって笑い合ったものだ。しかもふたりが住んでいたアパートも、偶然にも神田川に近い場所だった。

その場所にタクシーが近づいてきたとき、宮永はそっと比佐子の手を取った。そしてやさしく握った。

四十年ぶりに握る比佐子の手。拒まれるかもしれないと思って息を詰めていると、比佐子も宮永の手を握り返してきた。

宮永はさきほど以上に胸が熱くなるのをおぼえながら、比佐子の顔を見た。比佐子は前を向いていた。一瞬無表情に見えたが、眼に膜を張ったような粘りがあった。

ふたりはタクシーを降りた。そこは昔住んでいたアパートがある場所の表通りだった。

「すっかり変わってるけど、でも少しは見覚えのある建物も残ってるわね」

比佐子があたりを見まわしていう。

「まあ無理もないな。半世紀ぶりみたいなもんだから。問題はその先だ」

宮永は比佐子をうながして路地に入った。ふたりの思い出が詰まっているアパートは、いまも残っているとしたら、ここから三十メートルほど入った所にあるはずだった。

だがそこにアパートはなかった。当然といえば当然だが小さなマンションが建っていた。それさえもうかなり古い。

「残念だけど、仕方ないな」

「でも特別ななにかを感じるわ。空気というか匂いというか、すごく懐かしい感じの」

比佐子はそういいながら大きく息を吸ったり、匂いを嗅ぐ仕種をしたりしている。

「あッ、あの煙突！　お風呂屋さんまだあるんだわ」

突然、比佐子が弾んだ声でいった。指差した方向に、煙突が見えている。ふたりがよく通った銭湯の煙突だった。

「いまもやってるかどうかわからないな。煙突だけ残ってるのかもしれない」

宮永はあたりを見まわした。昼下がりの路地に人気はなかった。

「そういえば、銭湯から帰ったら、いつもすぐに比佐子を抱いてたな」

煙突を見上げたまま、宮永はそういうと、また比佐子の手を取って指をからめた。その指の股の柔らかいエロティックな感触に衝き動かされて比佐子を抱き寄せ、唇を奪った。

比佐子はされるままになっている。宮永は唇を触れ合わせただけで離し、比佐子の耳元で囁いた。

「一緒にタイムスリップしないか」

比佐子は黙って手を握り返してきた。

4

ふたりは比佐子が泊まっているホテルの部屋にいた。宮永はべつに部屋を取ろうとしたのだが、比佐子がそうするようにいったのだった。

部屋はシングルで狭い。だが密室感があって、ふたりの間の熱い空気がより濃密になる感じで、むしろこのほうがいい。宮永はそう感じた。

ふたりともコートを脱ぐと、宮永は比佐子を抱き寄せた。

「いまもそうだけど、昨日からずっとつづいてるの」

比佐子がうつむいていった。緊張したような表情をしている。

「現実じゃないみたいな、夢のなかにいるみたいな気持ちが……」

「いわれてみたら、俺もそれにちかいものがあるな。まさかこんなことがあるとは想ってもみなかったから」

そういって宮永はそっと比佐子の顎に手をかけて顔を起こした。

「いいんじゃないか、夢のなかにいると思って」

そうね、というような表情を見せて比佐子は眼をつむった。

宮永は唇を重ねた。唇で比佐子の唇を賞味していると、いろいろな思いが脳裏をかけめぐって、そのせいかいままでにない特別なキスの味がする。

舌を差し入れていくと、比佐子はすんなり受け入れた。宮永は舌をからめていった。せつなげな鼻声を洩らして比佐子も舌をからめてくる。

情熱的なキスになった。甘さも苦さもあった過去を共有するふたりの、長い歳月を経てこみあげてきた熱い思いが狂おしくからみ合うような――。

ニットのツーピースの上から背中や腰やヒップを撫でる宮永の手に、比佐子が息を乱して軀をくねらせる。

宮永の手は、若いときの比佐子から想像したものとはちがう肉感をとらえていた。ひとまわり肉がついた感じで、その触感はまさに熟しきった女体のそれだ。もっとも熟女好きの宮永も還暦をすぎた女を相手にしたことはなかった。

ふたりはそれぞれ着ているものを脱いでいった。

比佐子はツーピースのニットの下に薄紫色のスリップをつけていた。胸元と裾のレースが悩ましい。それ以上に相変わらず色白な肌と下着のコントラストがドキッとするほど艶かしい。

キスしているときから強張ってきていた宮永の分身は、勃起薬の効果もあって一気にパンツの前を突き上げていた。

比佐子がそれに気づいたようすはなかった。恥ずかしそうに先にベッドに上がると、布団の下に軀を滑り込ませた。

宮永もつづいた。布団の中で比佐子を抱きしめた。宮永の強張りを感じてか、比佐子は驚いたような表情を見せて喘いだ。

宮永は脚を比佐子の脚にからめ、強張りを故意に彼女の下腹部あたりに押しつけながら訊いた。

「ご主人が亡くなってからも彼氏がいないってことは、セックスのほうはかなりご無沙汰ってことか」

比佐子は戸惑ったような表情で身をくねらせながら、小さくうなずいた。

からめたナマ脚の、とりわけ内腿の感触で、宮永は比佐子の軀や肌にまだ充分な魅力があることを感じ取っていた。

さすがに張りや弾力は衰えているけれど、柔らかみと滑らかさが溶け合ったような、逆にいえば若い女体にはない心地よさがある。

宮永は布団をめくった。室内は暖房がよく効いていた。

「恥ずかしいわ、ノリちゃんだからよけいに」

比佐子は胸の上で腕を交叉し、顔をそむけて気恥ずかしそうに笑っていった。

若いときを知っている宮永だからこそ、そう思ったらしい。

「恥ずかしがることなんてないよ。いまの比佐子はいまの比佐子でとても魅力的だよ。それに俺は、若い女よりも熟女のほうが好きなんだ」

宮永はスリップを脱がしていきながらいった。

「でもわたし、もう熟女を超えてるわ」

比佐子は苦笑していった。

スリップの下は同じ色のブラとショーツで、宮永は思わずその裸身に見とれた。

「そんなことはない。この色っぽい軀が証明してるよ」

いいながら、まさにとても六十二歳とは思えない色白で艶かしい裸身を撫でる。

それに合わせて比佐子が喘いで軀をくねらせ、うねらせる。

若いときに比べてひとまわり肉がついたその裸身は、それでむしろ熟しきった女体特有の濃厚な色気を醸しだしている。

くわえて相手が比佐子ということで、宮永は興奮と欲情を煽られながらブラを外した。比佐子は巧みに腕で胸を隠した。

宮永はキスにいった。舌をからめながら比佐子の手を胸からどかせ、両手を顔の両脇に押さえ込んだ。

「だめ……」

比佐子は顔をそむけていった。困惑したような表情を浮かべている。

あらわになった乳房は、さすがにかつての面影はない。ただ、張りを失ってそのぶん量感も落ちているけれど垂れた感じはなく、それなりに膨らみの形状を保っている。それに乳暈の色も意外にきれいだ。

宮永はその膨らみを両手で揉み、片方の乳首に舌を這わせた。柔らかい餅のような感触の乳房を揉みながら、硬くしこっている感じの乳首を舌でこねまわしたり吸いたてたりしていると、比佐子の喘ぎ声が徐々に高まってきた。

乳首がはっきり勃ってきている。比佐子の顔を見ると、昂った表情で息を乱している。宮永は比佐子の下半身に移動した。

黒いショーツの、恥骨にあたる部分がこんもりと盛り上がっている。いきり勃っている宮永の欲棒が、ズキッとうずいた。

両手をショーツにかけると、宮永は久しくなかったワクワクゾクゾクする興奮をおぼえながら、熟しきった色気をたたえている腰からゆっくり下ろしていった。

比佐子は太腿をよじって下腹部を隠した。両手で胸を覆い、羞恥と興奮が交錯しているような表情で顔をそむけている。

宮永は比佐子の膝から太腿に唇と舌を這わせた。

比佐子は戸惑ったような喘ぎ声を洩らしながら、くすぐったそうに下半身をくねらせる。

宮永はその行為をつづけながら、比佐子の脚の締めつけが弛むスキを突いて膝を開いた。

「アッ、だめッ」

比佐子はさきほどと同じ言葉を発した。本当にだめなわけではない。その証拠に、膝は開かれたままになっている。

「驚いたな。というか感動したよ。比佐子のここ、あの頃と同じようにきれいだ。それに濡れやすいのも昔のままだ」

「いやッ、いわないでッ」

比佐子は恥ずかしくてたまらなそうに訴える。

事実、宮永は驚き感動していた。比佐子のそこは、まるで歳など関係ないかのように、色も形もほぼ若い頃と同じようにきれいなのだ。

ただ、黒々として濃密だったヘアはいくぶん色艶が褪せて薄くなっている。といってもそれさえ宮永からすると、熟しきった女ならではの官能的魅力に感じられて、股間がうずくのだ。

合わせ目が濡れ光っている肉びらを、宮永は両手でそっと分けた。女蜜をたたえたピンク色の粘膜が露出すると同時に、比佐子が喘いで腰をくねらせた。

宮永はピンク色の粘膜に口をつけた。

「アアッ——！」

比佐子が昂った声を放ってのけぞった。

5

比佐子にとって久々のセックスだろう。しかも四年前に夫が亡くなったということだから、それよりも前からセックスレスだったはずだ。

そのせいでもともと感じやすい体質がさらに過敏になっていたのか、比佐子は宮永のクンニリングスであっけないほど早く達して軀をわななかせた。

「感じやすさも相変わらずだな」

昂った表情で息を弾ませている比佐子に寄り添って宮永がいうと、

「いや」

比佐子は小声でいって両手で顔を覆った。

宮永はあらためて比佐子の裸身を見た。

ほどほどに肉がついて、太っているというのではないがウエストや下腹にたるみがある。ただ、その肉づきのせいもあって乳色の肌は滑らかで、とくに腰や太腿は年齢を感じさせない張りがある。熟女好きの宮永には、それらすべてが熟しきった女体ならではの、たまらない〝官能的な味〟なのだった。

宮永は顔を覆っている比佐子の手を取ると、自分の下腹部に導いた。いきり勃っているペニスに手が触れると、比佐子は驚いたような喘ぎ声を洩らして、怒張に指をからめてきた。

宮永はキスした。舌をからめていくと、甘い鼻声を洩らして比佐子もからめ返してくる。

そのまま、宮永は比佐子の下腹部に手を伸ばした。秘苑をまさぐって肉びらの間に指を差し入れ、濡れたそこをこすりあげる。

宮永の指が膨れあがったクリトリスをこねていると、比佐子がきれぎれに泣くような鼻声を洩らしてたまらなさを訴えるように熱っぽく舌をからめてきながら、手にしている怒張をしごく。

「だめッ、またイッちゃう」

唇を離して怯(おび)えたようにいって、宮永に覆い被さってきた。そのまま宮永の下半身に移動していくと、まさにビンビンという表現がぴったりの怒張に眼を見張った。

「すごい！　あの頃と変わらない感じ……」

驚いた表情と声でいうと、宮永に艶かしい笑みを向けてくる。

薬のおかげだとは興醒めになるのでいえない。宮永は笑い返していった。

「思い出してくれてありがとう」

同時に怒張をヒクつかせた。それを見て比佐子は喘ぎ、肉棒を手にすると、亀頭に舌を這わせてきた。

亀頭を丁寧に舐めまわし、ついで竿の部分を唇と舌で丹念になぞる。その間、手は陰のうをくすぐっている。

眼をつむって行為に熱中している比佐子の顔に、興奮と欲情の色が浮きたってきている。

「ああ、比佐子のおしゃぶり、俺も思い出したよ」

宮永はいった。比佐子が宮永を見た。

「ノリちゃんに教えられたのよ」

色っぽい眼つきでいう。宮永は笑いかけていった。

「懐かしいな。ふたりとも熱くて、夢中になって、毎日のようにしてても厭きなかったもんな」

比佐子は気恥ずかしそうに笑って宮永をかるく睨んだ。そして、また眼をつむると亀頭に唇を被せてきた。

肉茎が温かい口腔粘膜でしごかれ、ときおり舌でくすぐりたてられたりする快感を味わいながらふと、宮永は想った。比佐子が社長としてテキパキ仕事をこなしている姿を。

とたんに強い欲情に襲われ、起き上がると比佐子を仰向けに寝かせた。脚を開かせ、腰を入れて、肉棒を手に、亀頭で肉びらの間をまさぐった。濡れた肉溝を上下にこする。クチュクチュと卑猥な音がたった。

「アアッ、だめッ……きてッ」

比佐子は懇願する表情で両手を差し出し、腰をうねらせて求めた。

宮永は入れた。亀頭だけ入れて止めた。比佐子のそこはかなり窮屈な感じだった。

「いやッ、もっとッ、奥まで……」

比佐子は焦れったそうに腰を揺する。

宮永はゆっくり押し入った。熱い女蜜をたたえた窮屈な粘膜の中を、肉茎が徐々に滑り込んでいく甘美な快感を味わいながら。

奥まで押し入ると同時に比佐子が苦悶の表情を浮かべてのけぞった。

「アアいいッ……イクッ！」

感じ入ったような声を発し、つづいて呻くようにいって軀をわななかせる。

「アッ、だめッ、じっとしててッ」

宮永が動こうとすると、比佐子はあわてていった。久々にペニスを受け入れた快感を、いま少しこのまま味わっていたいらしい。

宮永はいうとおりにしてやった。ペニスを受け入れただけで達した比佐子は、昂った表情で息を弾ませている。

「おおッ、締めつけてきてるぞ」

膣が喘ぐように収縮している。

「アアッ……いいッ」

ふるえ声でいって比佐子が腰をうねらせる。たまらなそうな、いやらしい腰つきだ。

「もう動いてもいいのか」

宮永がわざと訊くと、

「動いてッ、してッ」

興奮と欲情のためか、怒ったような表情になって、気負い込んで求める。

宮永は抽送した。比佐子が感泣するような声を洩らしながら、宮永の動きに合わせて自分も腰を使う。

「こんなに感じやすい軀で、よく何年も我慢できたもんだな」

宮永の言葉が耳に入っていないかのように、比佐子は快感に酔いしれているようすのまま、早々にまた昇りつめていく。

――なんど達したかわからないほど絶頂を味わって、「もう死んじゃう」とよがり泣いた比佐子はその言葉どおり、裸のまま死んだようにベッドに突っ伏している。

横で宮永が缶ビールで喉の渇きを癒しながら、その放恣な姿を見ていると、ようやくつむっていた眼を開け、恥ずかしそうに布団を引き寄せて宮永の肩に頭をもたせかけてきた。

「ビール飲む?」

宮永が訊くと、こくんとうなずく。

「飲ませてやろう」

宮永はビールを口に含むと口移しで比佐子に飲ませた。そして訊いてみた。

「昨日富島直子と会って、俺と再会したことをいったのか」

「え？　ああ、いわなかったわ」

「あのとき比佐子は、内緒にしておこうか、自分だけの秘密にしておこうかとかいってたけど、あれはどういう意味なんだ？」

「……もう昔のことだから、話しちゃってもいいわね」

比佐子は一瞬困惑したような表情を浮かべ、苦笑いしていった。

「ちょうどノリちゃんとわたしがおかしくなってたとき、直子がわたしにいったの。ノリちゃんにはほかにカノジョがいるって。たまたまノリちゃんがカノジョの肩を抱いて歩いてるところを見たって。それでわたし、直子のいうことを全面的に信じてたわけじゃなかったけれど、わたしたち気まずくなってたし、仕方ないと思って、ノリちゃんと別れる決心がついたの」

「そうか、そういうことか」

宮永は呻くようにいった。このときまでいまさら打ち明ける必要はないと思っていたが、比佐子がいうのを聞いて正直に話すことにした。

「じつは俺、比佐子とおかしくなってたとき、一度だけ直子と寝たことがあったんだ」

「やっぱり、そう……」

「やっぱりって?!」

宮永は驚いて訊いた。

「直子って、ちょっと悪い癖があったの。友達に仲のいいカップルがいると、その彼を奪っちゃいたくなるっていう。だからノリちゃんのことも、そうじゃないかって気もしてたの」

「でも、だったら俺のこと、よけいに許せなかっただろう。それなのにどうして——」

比佐子がキスしてきた。宮永がいうのを遮るように。すぐに唇を離すと、

「もう四十年以上も前のことよ。みんな若かったのよ」

比佐子は屈託のない笑みを浮かべていった。

こんどは宮永がキスした。濃厚なキスになって宮永が抱き寄せると、比佐子のほうからも脚をからめてきた。年齢を感じさせない滑らかな内腿の感触が、また宮永の〝欲棒〟を甘くうずかせた。

発情する理由（わけ）

1

　パソコンで好きな芸人のユーチューブを見ていると、スマホが鳴った。

　時刻表示は［21：35］だった。

「だれだよ、こんな時間に」

　番号だけで、発信者の表示はない。将星（しょうせい）はぼやきながら受話ボタンを押し、「はい」といって電話に出た。

「曽我（そが）くん？」

　女の声が問いかけてきた。

「そうですけど」

「吉富（よしとみ）です、美紀（みき）です。あなたにお願いがあるの。いますぐ、うちにきて」

　いきなり切迫した口調だった。

「どうしたんですか、なにがあったんです？」

つられて将星も気負って訊いた。

「話してる時間はないの。おねがいだから急いできて」

ただごとではなさそうだ。

「わかりました、すぐいきます」

電話を切ると、将星は急いで出かける支度をはじめた。

吉富美紀は、曽我将星が勤めている不動産関連のディベロッパー「吉富」の社長夫人である。

「吉富」は、創業社長の吉富正剛がその卓越した手腕で業界上位にまで発展させてきた会社で、こういうケースの例に洩れず、吉富はワンマン社長だ。

将星は、その吉富正剛の秘書兼運転手をしている。将星が「吉富」の社員になったのは、まさに絵に描いたようなコネだった。たまたま将星の父親と吉富正剛が地方の高校時代に親友だったことから、大学卒業を前にしても就職先が決まらず困っていた将星を、父親が上京してきて吉富のところに連れていき、入社を頼み込んだのだ。

その際、父親は吉富に、

「このうえ重ねて頼むのは心苦しいんだが、息子は大学四年間で自堕落な生活が身についてしまっている。面倒をかけて申し訳ないが性根を叩き直してもらいたい」

そういって頭を下げた。

するとキ冨は、

「わかった。曽我の息子ということで加減せずにしごいてやるよ。それも俺のそばにおいてな」

と笑っていった。

その言葉どおり、入社してからの将星は、吉冨の秘書はすでにいたが、一応、秘書兼運転手として吉冨にしっかりしごかれることになった。

実際、学生時代の将星は、父親が評したとおりだった。大学は私立の名門に入学したものの、いわゆる燃えつき症候群に陥ってロクに大学にはいかず、パチンコ、麻雀、競馬などのギャンブルに明け暮れていた。適当にバイトはしていたが、それもギャンブルのためだった。

そんな調子だから、友人たちはみんな、将星が留年もせず卒業したのを不思議がったものだ。

ただ、酒と女には縁がなかった。酒は体質的に受けつけなかったせいだが、女に関しては失恋の経験はあったものの、早い話がモテなかっただけのことだった。

「吉冨」に入社してからは、それなりに時間に拘束されるため、学生時代のようなわけにはいかなかった。ギャンブルは休みの日に楽しむだけになり、それも徐々に頻度が少なくなった。

そのぶん、以前より風俗店にいく回数が増えた。

将星の初体験は、早いほうではなかった。大学四年の年末、二十二歳のときで、相手はソープ嬢だった。

社会人になってからは仕事がらみで女との出会いが増えたものの、もともと交際の経験値がないに等しい将星にとって、チャンスをものにすることはむずかしかった。

それに将星の場合、酒が飲めないこともハンディになっていた。合コンにも二度ほど参加してみたが、ひとりウーロン茶を飲んでいると浮いてしまって、いやになってやめた。

それで結局、風俗店にいくことになるのだった。

そんな将星から吉冨正剛を見ているとつくづく、男と女もつまるところは金の力だということを思い知らされるのだ。

吉富は五十八歳で、美紀という十五歳も年下の美人の妻がいるにもかかわらず、三人の愛人を囲っている。しかも三人ともそれなりの美形だった。

ところが当の吉富本人ときたら、田舎のオジサンという風貌で、どう見ても女にモテるタイプではない。それで四人ものイイ女をものにしているというのは、金の力以外考えられない。

――俺も将来、社長のようになりたい。だけど、とても無理だろうな。

吉富のプライベートにまで同行しているうちに、将星はなんどとなく、そんな羨望と諦観を味わったものだ。

ただ、吉富の四人の女たちを見て、一つ気になっていることがあった。

それは、妻の美紀だけが、ほかの三人とはちがう印象があったからだ。ほかの三人は、女を見る眼が肥えているとはいえない将星から見ても、そろって吉富の財力に媚びている感じがするのだが、そういうところが美紀にはまったくなかった。

もっともそれは、美紀が妻という立場にあるせいかもしれない。

そう考えてもみたが、将星はどうしてもそう思えなかった。そう思いたくない気持ちもたぶんにあった。

なぜなのか、将星にはわかっていた。美紀のことが秘かに好きになっていたからだ。

とはいえ、美紀は四十三歳。将星にとっては恩人ともいえる吉冨の妻だ。天地がひっくり返っても、将星ではどうにもならない相手だった。

美紀への思いは遣り場のない、もの狂おしい恋情にすぎなかった。

将星の知るかぎり、吉冨は再婚で、美紀は初婚ということだった。

夫婦は結婚して五年だが子供はいない。吉冨には前妻との間にも子供はなく、不妊の原因は吉冨にあるのではないかという噂だった。

美紀は結婚するまで大手航空会社でCAをしていたということだ。品のよさがただよう整った顔だちをしていて、スタイルもいい。

それに〝お団子〟の髪形がよく似合っている。将星が最初に気持ちを奪われたのは、その髪形が醸しだしている大人の女の色っぽさだった。

2

それにしても明日なにも予定がなくてよかった。ふつうなら大抵、明日の土曜日は社長のゴルフか、そうでなくともなにかの予定が入っているのだが、今週は珍しくなにもなかったのだ。

社長、愛人と旅行にでもいったのかな……。

そんなことを思いながら吉冨邸に車で乗りつけると、門扉からかなり奥にある玄関と建物の二階の一室に明かりが灯っているだけで、ひっそりしていた。

将星が乗ってきた車は、会社から提供されている国産の普通車で、吉冨邸から車で五、六分のワンルームマンションに住んでいる将星は、勤務の日の朝、その車で吉冨邸にきて、社長のベンツに吉冨を乗せて出社するのだ。

吉冨邸には、住み込みのお手伝いの高齢の女性が一人いるが、彼女の住居は別棟にあって、夕食の片づけが終わるとそこに引き揚げるので、邸には吉冨夫婦だけになる。

お手伝いはもう眠っているのだろう。別棟は真っ暗だった。

美紀があわてたようすで将星に電話をかけてきたことを考えると、やっぱり夫の吉冨は家にいないようだ。

そう思いながらエントランスに車を乗り入れていくと、玄関の明かりの中に社長夫人の姿が見て取れた。

将星は車を夫人の前に停め、ウインドウを下げて訊いた。

「どうしたんですか」

「なにも訊かずに早くわたしの部屋にきて。あなたの車で運んでもらいたいものがあるの。急いでッ」

急き立てられて将星は車を降り、夫人について邸に駆け込んだ。

なにがなんだかさっぱりわからない。それでいて、わけもなく不吉な胸騒ぎがしていた。

吉富夫婦の寝室が別々なのはすでに将星も知っていたが、夫人の寝室に入ったのは初めてだった。

まず眼についたのは、豪華なカバーがかけられているクイーンサイズらしきベッドと、そのそばの床に置いてあるスーツケースだった。それも大きめのものが二つ並んでいた。

「いまからこれを、あなたの車でわたしと一緒に逗子の別荘まで運んでほしいの」

夫人がスーツケースを指差していった。

「奥さんと別荘に、ですか」

将星は戸惑って、念押しした。

「そう。急いでッ」

急かされて、将星は「はい」といってスーツケースを持ち上げた。大きさのせいもあるが、ずっしりと重く、やっと持てた。

夫人は将星が寝室を出ると、明かりを消してドアを閉めてから彼のあとについてきた。

スーツケースを車のそばまで運ぶと、将星は息が切れた。息を整えてから車の後部ドアを開けてスーツケースを押し込んだところに夫人がきて、助手席に乗り込んだ。

「有料道路はやめて、一般道でいって。それと監視カメラのない道を通って」

車をスタートさせると、夫人が妙なことをいった。

「え⁈　どうしてですか」

「どうしても」

夫人は前方を見たまま、答えにならないことをいった。しかも有無をいわせないような口調で。

会ったときからそうだったが、夫人はいまも将星がこれまで見たことがない硬い表情をしている。それも怖い感じさえする硬さだ。

——一体どういうことなんだ⁈　急かしておいて一般道でいけ。しかも監視カメラがない道を通れだなんて。

将星は訝って、内心ぼやいた。

だが夫人のただならぬ表情や有無をいわせない口調に気圧されて、わけを訊くことができなかった。

ただ、夫人がこの逗子行きを秘密裏に行いたいと思っている、ということだけはわかった。

わからないのは、なぜそうしなければいけないのか、だ。

車内は重苦しい空気につつまれていた。

吉富邸がある世田谷から逗子まで車でいく場合の所要時間は、有料道路を利用すれば一時間そこそこだが、一般道を、しかもカメラのある主要道を避けて走るとなると、交通量が少ない深夜でも倍以上はかかるはずだ。

その間、この重苦しい空気を吸いつづけるのかと思うと、将星は空気以上に気が重くなった。

くわえて、それとはべつの息苦しさもおぼえていた。車という狭い空間に夫人と一緒にいるせいだった。

夫人はなにを考え、なにを思っているのか、押し黙っている。

将星がそっと盗み見ると、相変わらず強張った表情で、車のライトが照らしている前方の闇を見つめている。

それをいいことに、将星はチラッと視線を落とした。インパネのわずかな明かりの中に、タイトスカートから覗いた、きれいな膝が見えて、それだけでドキドキした。

それにしても、一体なにがあったんだろう。

将星は考えた。まったくわからないが、あのあわてぶりからしてフツーではないことは確かだ。

社長となにかあって、それで奥さんは家出みたいにして、大きな荷物とともに別荘にいこうとしているのだろうか。だけど、それならどこかのホテルのほうがいいだろうし、それに別荘にいくのに監視カメラを気にするのもおかしいし、やっぱりわけがわからない。

そんなことを考えているうちに、将星はスキャンダラスなことを思い出していた。

数日前、先輩社員と昼食を摂ったあと、喫茶店に入ってたわいもない話をしていたときのことだった。

どこでそんな噂を耳にしたのか、その先輩社員が「そういえば」と興味津々の顔つきで、吉冨社長の驚くべき話をしはじめたのだ。

「社長は女好きで精力絶倫みたいに思われてるけど、どうもそうじゃないらしいぞ。若い頃からの女遊びが祟って、あの年でまともに勃たないんだってよ。それで勃起薬とかオモチャとかに頼ってるって話だ。社長は自業自得だけど、相手をする女たちは大変だろうな」

それを聞いて将星は言葉にならないほどのショックを受けた。真っ先に夫人のことを、それも社長にバイブレーターで攻め嬲られて悶え狂っている夫人の姿を想い浮かべたからで、嫉妬をかきたてられて気持ちがどうにかなってしまいそうだった。

それからの将星は、そのシーンが折に触れて脳裏に浮かび、そのたびに嫉妬をかきたてられて苦しめられた。

それだけではない。そのたびに当惑もした。激しく嫉妬しながらも、ペニスが勃起していたからだ。

3

別荘につくと、夫人は将星にスーツケースをクロゼットに運び込むように指示した。

夫人が口をきいたのは、車の中で「どうしても」といってからそれが初めてだった。

将星がスーツケースを運び終えると、夫人は将星をキッチンに連れていった。

コの字状にカウンターがある広々としたキッチンで、中央に調理台がある。夫人は冷蔵庫から瓶ビールを取り出すと、調理台にグラスを二つ並べてビールを注いだ。

「曽我くん、飲めないのわかってるけど、付き合って。一口ぐらいなら平気でしょ」

「え、ええ」

いままで見たことのない凄艶（せいえん）な眼つきで見つめられて、将星はドギマギして答えた。

喉が渇いていたのか、夫人は一気にビールを飲み干した。

将星が舐めるように口にすると、それを待っていたように、

「じつは、曽我くんにまだ頼みたいことがあるの」

「なんですか」

「今夜八時頃から、わたしと一緒にこの別荘にいたってことにしてほしいの」

反応をうかがうように将星を見ながら、夫人はまたしても不可解なことをいった。

「いいですけど、でもどうしてそんなことを……」

「いまは訊かないで。だけど、わたしのため、わたしを助けるためだと思って、おねがいだから一緒にいたってことにして」

「わかりました」

夫人に懇願されて、将星はうなずいた。

「ありがとう。きて」

夫人はうつむいてつぶやくようにいうと、将星の手を取った。

将星は驚いた。一瞬、心臓をわしづかみにされたようだった。だがすぐに鼓動が高鳴り、速まってきた。

夫人はさきほどキッチンにくる途中、居間を通るとき上着を脱いでソファにか

けたため、いまはシルクのブラウスにタイトスカートという格好だった。

将星が連れていかれたのは、彼自身泊まったことがあるゲストルームだった。

セミダブルのベッドに簡単な家具調度類が設(しつら)えてある部屋に入ると、夫人は将星と向き合った。

将星はうろたえた。眼を疑った。夫人が黙ってブラウスのボタンを外しはじめたからだ。

「奥さん！」

声がうわずった。

「一緒にいたってことは、なにもないはずがないでしょ」

夫人は将星を真っ直ぐ見ていった。

将星はたじろいだ。夫人の将星を見つめる眼には、彼の気持ちをわしづかみにするような迫力があった。

たじろいだ将星だが、夫人がなにをしようとしているのか、もちろんわかっていた。そのため、息苦しいほど胸が高鳴っていた。

「曽我くんも脱いで」

上半身、黒いブラだけになった夫人が、抑揚のない声でいった。

これまで夫人の顔は強張ってほとんど無表情に近かったが、ここにきて思い詰めたようすと昂ったような感じが表れている。

そんな夫人を見て、将星は舞い上がっていた。頭が真っ白になって、思考力を失っていた。

わかっているのは、異様な興奮状態にあることだけだった。

将星は、手早く着ているものを脱いでいった。

夫人のほうはタイトスカートを脱ぎ、さらにブラとペアらしい黒いショーツが透けている肌色のパンストを下ろしている。

ボクサーパンツだけになった将星は、早くもパンツの前が露骨に突き上がっていた。

パンストを脱いだ夫人は、将星のパンツの前を凝視したままブラを外した。そして、両腕を将星の首にまわしてきた。

「アアッ、硬い……」

昂った声でいって軀をくねらせる。

しかもそうやって将星の軀に裸身をこすりつけるのだ。それも意識的にそうしている感じで、パンツの前の突起に下腹部を──。

そんな夫人の、四十三歳にしては張りのある乳房や、怒張をくすぐるような腰のうごめきを感じて、将星は興奮のあまり逆上して両手で夫人のむっちりとした尻を引き寄せると揉みたてた。

「アアッ、そんな……」

夫人は声をふるわせて将星にしがみついてきた。下腹部とパンツの突起が強く密着してこすれ合っているのだ。

すると、そうせずにはいられなくなったように、夫人がふたりの下腹部に手を差し入れて、突起をまさぐってきた。

将星は思いきって夫人のショーツの中に手を滑り込ませた。かなり濃いヘアの感触に、カッと頭が熱くなった。

ゾクゾクしながらヘアの下に手を侵入させると、ジトッと濡れた、生々しい粘膜の感触があった。

——奥さん、もう濡れてる！　しかもグショ濡れだ。

驚いた将星は、大胆になって夫人の唇を奪った。

夫人は呻いて唇を締めつけた。だがそれも一瞬だった。将星がショーツの中で割れ目に指を這わせると、せつなげな吐息と一緒に彼の舌を受け入れた。

将星は舌をからめながら、ヌルヌルしている割れ目を指でこすった。

夫人がたまらなそうな鼻声を洩らして舌をからめ返してくる。手は将星のパンツの突起を撫でまわしている。

「だめッ。立ってられない」

唇を離した夫人が、息を弾ませていいながら将星の前にひざまずいた。

強張っている顔は、あるところまでのそれとはちがって、明らかに興奮と欲情のためだとわかる。

夫人は将星の股間の突起を食い入るように見つめたまま、パンツに両手をかけるとゆっくり下ろしていく。それにつれて下向きにされた怒張が、露出すると同時にブルンと跳ねて将星の腹部を叩いた。

「アアッ！」

夫人がふるえをおびた声を洩らした。発情したような表情で怒張を凝視している。

きれいなお椀形をしている乳房に将星が眼を奪われたまま、パンツから足を交互に抜くと、夫人が怒張に指をからめて、亀頭に唇をつけてきた。

将星は眼を見張ってそれを見下ろしていた。

夫人の舌が亀頭にねっとりとからんでくる。くすぐられる快感と一緒にゾクッと将星はふるえた。

いまさらながら、目の前で起きていることが信じられない気持ちだった。

天地がひっくり返ってもどうにもならないと思っていた夫人が、将星の前にひざまずいてペニスを舐めまわしているのだから無理もない。

事実、夫人はフェラチオに夢中になっている。まるで美味しいものでもしゃぶるように怒張全体を舐めまわし、そしてくわえると懸命に顔を振ってしごいているのだ。

それを見下ろしたまま、将星はふと、例の噂を思い出した。

吉冨正剛のことだ。吉冨は勃起薬やバイブを使っているということだが、夫人にとって、いま口にしている若い将星のような逞しく勃起しているペニスは、久しぶりなのかもしれない。それで最初に「硬い」といったのかも……。

そんなことを思っていると、夫人がフェラチオをやめた。

将星の腰につかまって立ち上がると、自分からショーツを脱いで抱きついてきた。

「アアッ、すごいわッ」

裸身をくねらせて怒張に下腹部をこすりつけながら、昂った声でいう。

怒張がひとりでに夫人の股間に滑り込んだ。将星は腰を使った。肉棒がヌルヌルしている割れ目をこする、風俗でいう〝素股〟の状態になった。

「アァいいッ……アアンだめッ、きてッ」

夫人は感じ入ったような声で快感を訴えると、たまらなそうにいって将星をベッドに誘った。

4

ベッドに仰向けに寝た夫人の裸身に、将星は息を呑んだ。

二十代の若い女しか経験のない将星にとって、目の前に横たわっている裸身はまったくの別物に見えて、思わず『これが熟女の色っぽさか』と内心唸った。

実際、その官能的に熟れた裸身からはむせ返るような色香が匂いたっていて、見ているだけで怒張がひとりでにうずいてヒクつくほどだ。

夫人は両腕を胸の上で交叉させ、すらりとしたきれいな脚をすり寄せて、顔をわずかにそむけている。

さすがに恥ずかしいのだろうが、顔を見ると興奮の色が浮きたっている。

将星はゾクゾク、ワクワクしながら夫人の脚を開いていった。夫人はされるがままになっている。

将星の前に、憧れの夫人の秘苑があからさまになった。

黒々として艶のある、それに縮れぎみのヘア……そのヘアに縁取られた、やや厚ぼったい感じの茶褐色の肉びら……。

そこは、あふれた女蜜で肉びらから会陰部のあたりまで濡れている。

秘苑から夫人の顔に視線を移すと、夫人はさきほどよりも強く顔をそむけて眼をつむっていた。

将星は両手でそっと肉びらを分けた。濡れたピンク色の粘膜があらわになると同時に、夫人が勢いよく息を吸うような声を洩らして腰をヒクつかせた。

将星は秘めやかな粘膜に眼を凝らした。女蜜にまみれた粘膜が微妙に合わさっている膣口が、喘ぐような収縮と弛緩を繰り返しているのだ。

その上方に露出している肉芽は、興奮状態で膨らんでいることを差し引いても、やや大振りだ。

その肉芽に、将星は口をつけた。夫人がふるえ声を発して腰を跳ね上げた。

かまわず、将星は肉芽を舌でこねた。クンニリングスのテクニックには、いささか自信があった。夫人の反応を見て、舌を使う強弱、位置などを変えながら、丹念に行った。

はじめのうち夫人はきれぎれに喘ぎ声を洩らしていたが、それがすぐに感じ入ったような声になり、さらに感泣に変わってきた。

将星が舌を使いながら見やると、胸を繰り返し反らしてのけぞっている。そのため表情はわからないが、切迫してきた声の感じからして絶頂がちかいことがうかがえた。

そのとき、将星の顎が密着している膣口がピクピク痙攣しはじめた。将星は舌を律動させて肉芽を弾いた。

「アアだめッ、イクッ……アアッ、イクッ、イクイクーッ！」

夫人が絶頂を告げて反り返ったかと思うと、よがり泣きながら軀をわななかせる。

将星は達した夫人の顔が見たくて、這い上がっていって覗き込んだ。夫人は凄艶な表情で息を弾ませていた。

きれいだ、と将星が見とれていると、夫人がしがみついてきた。思わず将星も抱き返した。

「アアッ、イク——！」

夫人がうわずった声でいって、また軀をわななかせる。

——奥さん、欲求不満だったのかも……。

そう思ったら、将星は強気になった。そのまま軀を半回転させて夫人を上にすると、

「奥さん、舐めっこしましょう」

といった。

夫人はいやがらなかった。それどころか欲情が貼りついたような表情で軀の向きを変えて、将星の顔をまたいだ。

将星の真上に、いやらしいほど濡れそぼっている秘苑が迫った。

夫人が怒張を手にして舌をからめてきた。

将星は膨れあがっている肉芽を指先にとらえて、まるくこねた。夫人が泣くような鼻声を洩らして怒張を舐めまわし、くわえてしごく。それも将星に対抗するように夢中になって。

肉芽を嬲ると同時に、将星は膣口を指でこねた。夫人のもっとも秘めやかな部分に触っていると思うと興奮を煽（あお）られ、夫人にくわえられている怒張がヒクつ

く。

そのとき、くわえていられなくなったか、夫人が怒張から口を離して手でしごきはじめた。

将星は、初めて夫人の中に侵入すると思うとさらに興奮を煽られてゾクゾクしながら、蜜壺に指を挿した。

ぬかるみの中に指が滑り込んでいくと、夫人は呻いて腰をくねらせた。蜜壺は指一本でもそう感じられるくらいに、ほどよい締まり具合だ。

将星は肉芽を撫でまわしながら、蜜壺をこねたり、指を抽送（ちゅうそう）したりした。

夫人はすぐに泣くようなよがり声を洩らしはじめた。

たまらなそうに身悶えながら、手で肉棒をしごく。そのむっちりとした尻のうごめきがなんともいやらしく、将星を刺戟する。くわえてペニスを夫人の手でしごかれているのだ。必死に快感をこらえていると、

「だめッ」

というなり夫人が突っ伏して将星の脚にしがみついた。そのまま、「アアッ、イクッ！」と呻くようにいって腰を律動させる。

夫人の腰の律動が収まるのを待って、将星は起き上がった。指を挿していたと

ころにペニスを入れたくてたまらなくなっていた。

夫人を仰向けに寝かせると、両脚の間に腰を入れ、怒張を手にして秘裂をこすった。

「アアそれ、だめッ」

夫人が苦悶の表情を浮かべてもどかしそうに腰を揺する。

将星がなおもヌルヌルしている割れ目をこすっていると、

「だめッ、だめッ……」

夫人は泣きだしそうな表情と声になって両手を差し出し、

「いやッ、きてッ」

と、焦れったそうに腰を振りたてる。

将星はふと、夫人にいやらしい言い方で求めさせたくなった。だが瞬時に、そんなことをしたらきらわれるんじゃないかと思って、できなかった。そんな気持ちの動きが、

「入れていいですか」

というおかしな訊き方になって口から出た。

「入れてッ、早くッ」

夫人は怒ったようにいった。

それでも夫人が口にした「入れて」という言葉に劣情を煽られて、将星は押し入った。

ズリューッという感じで肉棒が侵入すると、夫人は眉を寄せて「アーッ」と感じ入ったような声を放ってのけぞった。

将星は抽送した。それに合わせて夫人が昂った表情で感泣するような喘ぎ声を洩らす。

それを見て将星は初めて、確かな征服感をおぼえた。

ここまでに夫人が夢中になってフェラチオをしているのを見たり、クンニリングスでイカせたりしたときにもそれらしいものはあったが、ペニスで貫いているからだろう、いまの征服感は将星の気持ちを充分に満たすものだった。

「アアそれッ、いいッ、そこッ」

夫人が息せききっていった。

将星の動きに合わせて自分も腰を使っている。怒張は膣の天井にあたる部分をこすっていた。そこが感じていいらしい。

夫人の腰つきは夢中のそれで、なりふりかまっていられないようすだ。裏を返せば、もういつでもイケる状態にある、ということだ。

将星は腰使いを速めて攻めたてた。

夫人はひとたまりもなかった。一気に絶頂に昇りつめ、シーツをわしづかんだ両手で突っ張るようにして上体をひねり、よがり泣きながら軀をわななかせた。

将星は夫人を抱き起こした。対面座位の体位を取った瞬間、「アアッ」と夫人が生々しい声をあげて将星に抱きついてきた。肉棒が深奥部（しんおうぶ）まで突き入ったからだ。

将星は夫人にキスした。すると夫人は甘い鼻声を洩らして、将星より先にねっとりと舌をからめてきた。

濃厚なキスをしている間にも、またぞろ、うずいてきたのだろう。夫人は自分から腰を使いはじめた。それも泣くような鼻声を洩らしながら、クイクイ腰を振るだけでなく、いかにも肉棒と快感を貪（むさぼ）っているように、いやらしく旋回させたりするのだ。

「アアン、たまらないわ。曽我くん、このまま、わたしだけイッていい？」

唇を離した夫人が、息を弾ませながら訊く。

「いいですよ、イッてください」

将星がいうと、夫人はがむしゃらに腰を律動させて昇りつめていく。

5

将星は対面座位から自分が仰向けに寝て、女上位の体位に変えた。

「ぼく、こんなことをいうと、怒られるかもしれませんけど、前から奥さんのこと、好きだったんです」

上になっている夫人の色っぽい裸身を見ながら、将星は本音を洩らした。

「わたしも、気づいてたわ」

夫人はゆっくり腰を動かしながら、こともなげにいった。

将星は唖然とした。

「ホントですか」

「ホントよ」

「でも、どうしてわかったんですか」

「曽我くんがうちにきたときの、わたしを見る眼つきとか見てればわかるわ。そういうとこ、女は敏感なのよ」

「すみません。キモイって思ったんじゃないですか」

「そんなことはないわ。だから謝る必要なんてないし、それより今夜のこと、曽我くんがわたしのことを好いてくれてるのがわかってたから、あなたにお願いしたの」

話のつながりがわからず、将星が怪訝（けげん）な顔をしていると、

「どうせすぐにわかることだから、曽我くんにだけはホントのことを話すわ」

夫人は急に深刻な表情になってそういうと、両手を頭の後ろにまわした。〝お団子〟が解けて、艶やかな黒髪が流れるように肩に落ちた。

「今夜、夫は亡くなったの」

夫人が将星を真っ直ぐに見ていった。

「エッ⁈ 亡くなったって……」

将星は絶句した。

「あなたも知ってるでしょうけど、夫は女性関係がだらしがないうえにＤＶもあったの。わたしには、直接的な暴力はなかったけど、言葉の暴力はひどかったわ。わたしがいいなりにならないから、よけいにそうだったの」

夫人は静かな口調で話した。

「だから喧嘩が絶えなかった。といっても夫が一方的に怒るだけだけど。わた

し、夫さえ同意してくれれば、いつでも離婚したいと思ってたの。でも夫はどんなことがあっても離婚だけはしない、俺に楯突く奴は——わたしのことだけど、とことん苦しめてやるの一点張り。吉冨の場合、そういうのはただの脅しじゃなくて、本当になにをするかわからない怖いヒトなのよ。だからわたしも我慢してたんだけど、今夜また、吉冨はわたしがいいなりにならないことに腹を立てて、それも珍しくつかみかかってきたの。それでわたしが思わず突き飛ばしたら、吉冨が転んじゃって、居間の暖炉に頭を打ちつけて、そのまま……」

「死んじゃったんですか」

将星は気負って訊いた。夫人は小さくうなずくと、

「もちろん殺すつもりなんてなかったし、事故なんだけど、でも警察に通報したら、真っ先に疑われるのはわたしだし、それを思ったら怖くなって、それであなたに電話したの。アリバイづくりに協力してもらおうと思って」

「でも、ぼくと奥さんが一緒のとこ、吉冨邸の防犯カメラに映ってるんじゃないですか」

「防犯カメラは、あなたがくる前に切っておいたわ」

夫人が醒めた口調でいうのを聞いて、将星は唖然とした。ショックのあまり、

頭が混乱し気が動転していた。

「ううん、だめ……」

突然、夫人がもどかしそうな声でいって腰をくねらせた。激しい動揺に見舞われているうちにペニスが萎（な）えかけていたのだ。

夫人が将星の両手を取って乳房に導いた。

「曽我くん、わたしのこと、助けてくれるわよね」

燃えるような眼で見つめてそういわれると、将星は魂まで奪われたような気持ちになって強くうなずき返し、やさしい膨らみを揉みしだいた。

夫人が悩ましい表情を浮かべて腰を微妙にうごめかす。

将星の動揺は収まりようもなかった。それでも軀がふるえそうになるほど気持ちのいい粘膜でペニスをくすぐられながら、快い感触の乳房を揉んでいると、若い男根はみるみる強張ってきた。

それに合わせたように、夫人が将星の胸に両手をついて前傾姿勢を取り、腰を上下させる。

「アアいいッ。曽我くん、いま、このときだけでもいいから、みんな忘れさせてッ」

「奥さん……！」

将星も夫人の動きに合わせて腰を上下させた。頭をもたげて見ると、淫猥な情景が眼に入った。

肉びらの間にズッポリと突き入っている肉棒。女蜜にまみれたそれが、ズコズコ女芯を突きたてている。

「アアッ、入ってるッ！」

夫人がうわずった声でいった。腰を上下させながら股間を覗き込んでいる。

すると「だめッ」というなり、腰を落とした。そして将星の両手を取り、指をからめると、腰をクイクイ振りはじめた。

「アンッ、奥、当たってるッ、いいッ」

夫人が苦悶の表情を浮かべてふるえをおびたような声で快感を訴える。亀頭と子宮口の突起がグリグリこすれ合っているのだ。

反対に将星のほうは必死に快感をこらえていた。熟れた感じの気持ちよさがある蜜壺で怒張をこすりたてられているうえに、色っぽい腰のいやらしいばかりの動きを見せつけられるのだ。一瞬でも気を緩めると暴発しそうだった。

そこで将星は攻めに出た。夫人とからめ合っている両手の片方を離し、指を夫人の濃密なヘアの下に差し入れたのだ。そうやって過敏な肉芽にあてがうと、とたんに夫人の反応が変わった。

「アアッ、それだめッ、アアンだめッ、アアッ、だめだめッ」

息せききって、おびえたように「だめ」を連発しながら、そのくせ腰を激しく律動させる。

そんなことをすれば結果がどうなるか、火を見るより明らかだ。夫人はそのまま昇りつめ、倒れ込んで将星にしがみつくと軀をわななかせた。

「奥さん、バックでしましょう。四つん這いになってください」

将星はぐったりとしている夫人の耳元で初めて自分の意思を口にした。

夫人はゆっくり起き上がった。息を乱しながら将星を見た顔は、昂りが色濃く浮いて凄艶そのものだ。

「忘れさせて」といって情事に没頭したい夫人だけに、将星の指示に黙って、というよりときめいているようすを見せて従った。

憧れの夫人の、後ろから犯してくださいといわんばかりの体勢を目の前にしたとき、将星はこれまでとは異質の興奮と欲情をかきたてられた。征服や凌辱の要素が入り混じったそれだった。

将星は夫人の後ろにまわると、背骨のウエストのあたりに手を当てていった。

「腹を落として、尻をもっと、グッと突き上げてください」

「そんな……」

さすがに夫人はうろたえたようにいって腰をくねらせた。が、いやとはいわず、それどころか将星の指示どおり、腹部を落としぎみにして尻を突き上げた。

将星の前に、煽情的な眺めがあらわになった。

むっちりした尻朶がくっきりと開いているため、女蜜にまみれているやや厚ぼったい肉びらも開き、ピンク色の粘膜が露呈しているのだ。その上には、アヌスの褐色のすぼまりもあらわになっている。

将星の視線を感じてだろう。そのすぼまりが収縮と弛緩を繰り返し、それに膣口も連動してうごめいている。

将星は怒張を手にすると、ゾクゾクしながら亀頭で割れ目をなぞった。

「ウウ～ン、アア～ン、だめ～……」

夫人がもどかしそうにいって身悶える。将星がなおも濡れた音をたててなぞっていると、

「いやッ、焦らさないでッ……アアンきてッ……いやッ、入れてッ」

夫人が身悶えながら、たまりかねたようにいう。

将星は思った。——秘密を守って助けたとしても、奥さんとはもうこれっきりかもしれない。だったら……。

「なにをどこに入れてほしいんですか」

「いやッ、そこ、そこよッ」

夫人が戸惑ったようにいう。

「そこじゃわかりません。ちゃんといってください。それもメッチャいやらしい言い方でいわないと、入れてあげませんよ」

「そんなァ、いやッ、だめッ……」

さすがに夫人はうろたえたようにいって焦れったそうに軀をくねらせる。

それでも将星が執拗になぞりつづけていると、

「ウウ～ン、だめッ、アアンどういえばいいの？」

夫人から訊いてきた。将星は夫人にいわせたい言葉を口にした。

「そんなこと、いや」

さすがに恥ずかしさのこもったような声で夫人はいった。

「じゃあこのまま入れなくてもいいんですね？」

「だめッ……アアッ、ビンビンのチ×ポ、オ××コに入れてッ」

ついに夫人は卑猥な言葉を口にして求めた。

それを耳にした瞬間、将星は頭が熱くなって、怒張が跳ねた。

「奥さん、たまンないですよ」

いうなり怒張を蜜壺に挿した。そのまま奥まで突き入れると、それだけで夫人は達したような声を放ってのけぞった。

将星は両手で夫人の尻をつかむと、ゆっくり怒張を抜き挿しした。

「アアンいいッ、アアもっと突いてッ、ヘンになってしまうくらい、いっぱいしてッ」

夫人がなりふりかまわずという感じで訴える。

肩先に流れている艶やかなロングヘア……きれいな背中……ウエストのくびれから官能的なひろがりを見せている腰……むっちりとした尻朶……その間にあらわになっている、これ以上ない淫猥な眺め……。

そんな視覚的な刺戟に煽られて、将星は夫人を突きたてていった。

——美紀夫人が起こした事故は、思いも寄らない展開から殺人事件になり、事件は夫人と将星が一夜を共にしたあの日から一カ月たらずのうちに解決した。

事の顚末はこうだ。

吉冨正剛の死体は、夫人がいっていたとおり居間で発見されたのだが、死因は頭部の損傷ではなく、軀の数カ所をナイフで刺されたことによるものだった。

遺体を発見したのは住み込みのお手伝いで、通報を受けて警察が現場を検証し、殺人事件と断定して捜査することになった。

将星が事件を知ったのは、別荘のベッドの中に夫人と一緒にいるとき、お手伝いからの電話でだった。

「おかしいわ。夫が刺し殺されたなんて、どういうことかしら」

夫人は顔色を変えていった。

それからすぐに将星と夫人は車で逗子から吉冨邸に向かった。

警察は最初、夫人と将星を疑った。ふたりの不倫の関係や、犯行当時、吉冨邸の防犯カメラのスイッチが切られていたことなど、殺人は計画的に行われたとみて、ふたりには動機があると見ていた。

夫人も将星も、当然のことに事件への関与は否定した。それでも、任意とはいえ連日、事情聴取がつづいて、ふたりともさすがに疲弊した。

こんなことがいつまでつづくんだろうか。そう思って暗澹とした気持ちになった矢先だった。

急転直下、事件が解決したのだ。

警察がいうには、犯人の男は仕事がらみで吉冨正剛を恨んでいて、犯行当夜、吉冨邸に押しかけ、吉冨と口論になった。その前に吉冨は転んで頭を打ったといって、痛がってしきりに頭を押さえていた。

そのせいかどうか、吉冨は最初から犯人の男を激しく罵った。それで男は激昂して、当初は使うつもりはなかった、護身用のナイフで刺してしまった。

それを聞いたとき将星は、水底に沈んで息ができないのを必死にこらえているところを一気に引き上げられて、やっと息がつけたような気持ちになった。

そして思ったものだ。奥さんも同じ気持ちだろうと。

ただ、警察が不審がっていたことがあった。

それは犯行当時、なぜ吉冨邸の防犯カメラのスイッチが切られていたか、ということだった。

訪ねてきた犯人が切ったわけではないし、その前にだれかが切ったとしか思えない。だとしたら、だれがなぜ切ったのか、それがわからないというのだ。

将星は内心ニヤリとして思った。

──わかるはずがない。それは俺と奥さんしか知らないことだから。


事件が解決して一週間後のことだった。

将星は胸をときめかせながら、指定されたホテルの部屋に向かった。

部屋の前に立ってチャイムを鳴らすと、ほどなくドアが開いて、美紀夫人が立っていた。

夫人は艶(なまめ)かしい笑みを浮かべて将星を部屋に迎え入れた。

ソファの前のローテーブルの上にはワインとグラスが用意してあった。そのせいではなく、将星の胸はいやがうえにも高鳴っていた。夫人が白いバスローブをまとっていたからだ。

「楽にして。乾杯しましょう。あの夜と同じように、曽我くん、一口なら平気でしょ」

ソファに並んで座ると、夫人は秘密めかしたような色っぽい眼つきで将星を見ていって、グラスに赤ワインを注いだ。

ふたりは顔を見合わせて乾杯した。

「ぼく、もう奥さんとは逢えないだろうと思ってました。どうしてなんですか」

ワインを一口飲んでから将星は訊いた。

「それは、あの夜のあなたがすてきだったからよ。それも、セックスが……」

燃えるような眼で見つめられてそういわれると、将星はもう自分を抑えられなかった。

夫人を抱き寄せると、唇を奪った。どちらからともなく貪るように舌がからみ合う……。

情熱的なキスをしながら、夫人が将星の股間に手を這わせてきた。将星は夫人のバスローブの裾から手を差し入れて、下腹部をまさぐった。

驚いた。夫人は下着をつけていないのだ。濃密なヘアの下に指を滑り込ませると、そこはもうジトッと、熱く濡れていた。

元彼女（カノ）が未亡人になって

1

女の年齢は四十前後だろう。美人ではないけれど、どことなく男好きのするタイプ。それに身なりなどからして、経済的に恵まれている人妻、という感じだ。

相手の男は、二十代後半の勤め人ふう。土曜日の昼下がりに女と逢うのにスーツを着ているところを見ると、なにかのセールスのような仕事をしているのかもしれない。

ふたりの間には、どこか怪しい雰囲気が漂っている。それもとりわけ若い男を見る中年女の眼つきによって。

――あれはセックスに飢えている眼つきだ。カフェを出たらこのホテルに取っている部屋に直行して、若い男とやりまくるつもりだろう。

通路を隔てた横の席にいるカップルを盗み見ているうちにそんなことを思った荻野（おぎの）の胸に、それまでのときめきにかわって苦々しい思いが込み上げてきた。いやでもその女と妻がダブッて見えたからだった。

　そのとき、カップルの席に男がやってきた。見るからに上等なスーツを着た、四十代とおぼしきその男に、若い男が席を立って、ていねいに一礼した。

　女は席に座ったまま、中年の男に笑いかけている。中年の男は、女の隣に座った。その直後、「あなた」と女が中年の男に話しかける声が荻野の耳に入った。

　――なんだ、夫婦か。

　荻野は苦笑いした。なぜ勝手な想像をしてしまったのかもわかった。妻のせいだった。

　妻のことを頭の中から追いやって、荻野は腕時計を見た。七重（ななえ）と約束した待ち合わせの午後二時が迫っていた。

　また、胸がときめいてきた。

　七重と出会ったのは一昨日（おととい）のことで、それはまさに奇遇だった。銀座を歩いていて偶然、大学卒業以来十数年ぶりにばったり出会ったのだ。

　もっとも、七重はすぐにわかったらしいが、荻野のほうは彼女だとわかるまでに数秒かかった。

　それというのも、学生時代のストレートのロングヘアが、ゆるくウエーブがかったスタイルに変わっていたせいもあるが、それよりも全体的に、まさに大人の女という表現がぴったりの女になっていたからだった。

七重は、銀座にある法律事務所に勤めているということで、仕事中だった。荻野のほうも商談をすませての帰りだったので、その場は仕事が終わったあとで逢う約束をして別れた。

その夜、ふたりはホテルのバーで逢った。

驚いたことに、七重は二年ちかく前に夫をガンで亡くしていた。

二年前といえば、まだ三十五歳。その歳で未亡人になった彼女は、いまも夫の籍に入ったまま、小学校三年生になる一人娘を女手一つで育てている。亡くなった夫は弁護士で、彼女が大学卒業後に勤めていた法律事務所で出会って結婚した。いま勤めている法律事務所もその関係、ということだった。

七重からそういう話を聞いたあと、昼間再会したとき彼女から「寺尾君」と旧姓で呼ばれた荻野も、姓が変わったわけを話した。

荻野が商社に勤めていたとき（そのときは旧姓の寺尾だった）知り合って結婚することになった妻は、資産家の一人娘だった。

父親は貸しビルや賃貸マンションなどを所有する不動産会社を経営していた。

その父親が娘と寺尾の結婚を許すかわりに、寺尾が婿養子になって自分の会社に勤めること、という条件を出したのだ。寺尾の仕事ぶりしだいで、ゆくゆくは会社を継がせるということだった。

逆玉（ぎゃくたま）——ということが気にはなったが、いずれは自分で会社をやってみたいという夢を持っていた寺尾にとって、わるくない話だった。その条件を呑んで結婚した。寺尾、二十八歳、妻は二十六歳だった。

それから九年になる。義父の会社に移ってからの荻野の仕事は順調だった。それが義父に認められて、一年ほど前から副社長のポストに就いている。

ただ、結婚生活のほうは仕事のように順調とはいえなかった。あるときまではうまくいっていたのだが、少しずつ夫婦関係の歯車が狂いはじめ、いまや完全に〝仮面夫婦〟になっていた。

原因は、子供だった。

結婚した当初から妻の両親は「早く孫の顔が見たい」が口癖で、それに荻野自身そうしてもいいと思っていたが、肝心の妻が当分は夫婦ふたりだけの生活を愉（たの）しみたいというので子供はできないようにしていた。

その妻も三十歳になると子供をほしがりはじめた。ところが避妊をやめても子宝に恵まれなかった。そして、その原因が夫婦どちらにあるのかわからないまま、いまにいたっている。

子供をほしがるようになってからの妻は、手の平を返したように子作りに躍起になった。食事からセックスの仕方や体位などまで、そのためにいいといわれることはなんでもためそうとして、荻野もそれに付き合わされた。

荻野はそんな妻がしだいにいやになった。夫婦関係の歯車が狂いはじめたのは、その頃からだった。

そのうち荻野のほうは子作りどころか妻とセックスする気も失せ、やがてセックスレスになった。

それも副社長になって仕事上の責任がますます重くのしかかってきてからのことだから、もう一年ちかくになる。

子供のことや冷えた夫婦関係。そのせいだろう。妻はホストクラブに通うようになった。

それればかりか荻野は、偶然にも妻がホストらしい若い男と一緒のところを見たことがあった。

それでも荻野も妻も、表向きは何事もないかのような円満な夫婦を演じているのだった。

七重に姓が変わったことについて話したとき荻野は、彼女から妻のことを訊かれて、そんな夫婦の実情も打ち明けた。

七重は驚いたが、荻野としては彼女をホテルの部屋に誘おうという計算があってのことだった。〝仮面夫婦〟だとわかれば、彼女も誘いに乗りやすくなるはずだと考えて。

荻野がそんな思惑を抱いたのは、学生時代に付き合っていたときキスまでしかできなかった七重が、思わず見とれるほど色っぽい熟女になって、しかも未亡人で、聞いたところ付き合っている男はいないという答えを得たからだった。

荻野は七重を部屋に誘った。すると彼女は、色っぽい眼つきで荻野をかるく睨(にら)んで訊き返した。

「十何年かぶりに再会したその日のうちにそんなことをいうなんて、わたしが未亡人だから？」

「正直いうと、それもある」

荻野は苦笑いして本音を洩らした。

「でも一番の理由は、七重と会ったら一気に昔にタイムスリップしたような気持ちになっちゃって、しかも七重がすごく色っぽくなってるんで、惚れ直したから だよ」

そういってから荻野はもう一度誘った。すると七重はうつむいて、

「今日はだめよ、子供が待ってるから」

といった。

荻野はすかさず、じゃあいつならいい？　と訊いた。

七重は困惑したような表情を見せた。だが彼女の口から出てきた答えは、荻野を歓喜させた。土曜日の昼間なら、と彼女は答えたのだ。

その土曜日のこの日、荻野は七重と待ち合わせを約束した時刻の午後二時よりも三十分ほど早くホテルにきてチェックインをすませた。そして、ホテルの中にあるカフェで七重を待っているのだった。

そのとき、カフェの入口に七重が現れた。まるでどこかで時間を調整していたかのように二時ぴったりだった。

荻野は席を立った。七重と眼が合った。荻野がレジに向かいながら片手を上げて笑いかけると、緊張しているのか、七重の硬い表情にぎこちない笑みが浮かんだ。

「じゃあいこうか」

レジで勘定をすませた荻野は、カフェの外で待っている七重のそばにいくなりうながした。

「どこへ？」

一瞬戸惑ったような表情を見せた七重が、わざとらしく訊く。

「昔、俺たちができなかったことが、できる場所へ」

とっさに考えついて、荻野が思わせぶりにいうと、七重も秘密めかしたような艶（なまめ）かしい笑みを返してきた。

2

ホテルの二十八階の部屋の窓から、七重は外を見ていた。

前方には都心の高層ビル群が見えていて、無数の窓が秋の午後の陽射しを浴びてキラキラ光っている。

グレイのニットスーツを着た七重の後ろ姿を見ながら、荻野は缶ビールを両手に持って歩み寄ると、声をかけた。

「一昨日会ったときも思ったけど、スタイルのよさは変わらないな」

七重が向き直った。

「意地悪ね」

笑って睨む。

「どうして？」

「だって、もう三十七なのよ。変わらないわけないでしょ」

「そりゃ若いときから見れば変わったかもしれない。熟女って年齢だからな。でもマジに七重はスタイルいいよ。軀もきれいに熟（う）れたからじゃないの。顔だけじゃなくて、全身から熟女の色気が漂ってるよ」

「やだ、からかわないで。それもそんないやらしい言い方で」

「いやらしい言い方か」

「そうよ」

ふたりは見つめ合った。

なじるような表情を浮かべていた七重の顔が、緊張した感じに変わってうつむいた。

荻野は七重を抱きしめたい衝動にかられた。同時に学生時代の苦い経験が頭をよぎった。

荻野は自制した。苦い経験が頭をよぎったせいではなく、こういうときの衝動を自制できる年齢になったということだった。

「とりあえず、乾杯しよう」

荻野が差し出した缶ビールを七重が受け取った。

再会の乾杯は、一昨日ホテルのバーですませていた。プルトップを引くと荻野は、缶ビールを顔の高さに持ち上げていった。

「魅力的な熟女に乾杯」

硬い表情をしていた七重が、いやァね、というように笑って荻野にならった。

ふたりはビールを飲んだ。待ち合わせしたカフェにも入らず、緊張したようですぐに部屋にきたので、喉が渇いていたらしい。七重は一度息をついて、つづけて飲んだ。

荻野は缶ビールをそばのテーブルに置くと、七重の後ろのカーテンを閉めた。レースのカーテンを閉めただけなので、室内の昼間の明るさにそれほどの変化はなかった。

変わったのは、七重だった。荻野のつぎの行為を予想して改めて緊張したらしく、表情がまた硬くなった。そればかりか、軀まで硬くなっているのが荻野にも感じ取れた。

荻野は七重の手から缶ビールを取り、テーブルの上に置いた。そして、手を握ったままの七重をそっと引き寄せた。

ぐらりと、重心を失ったように七重の軀がもたれかかってきた。

荻野の胸は久しくなかったほど高鳴っていた。七重の顎に手をかけて顔を仰向けさせた。

眼をつむった顔が上気して桜色に染まり、真紅のルージュが艶かしい、きれいな形の唇がわずかに開いて、荒い息をこぼしている。

その唇を荻野は奪った。七重がかすかに鼻声を洩らした。柔らかい唇の感触に、荻野の脳裏をまた苦い思い出がよぎった。

大学四年の夏休み前のことだった。

その一カ月ほど前から付き合いはじめていた七重を、初めて自分のアパートの部屋に連れてきた荻野は、彼女の唇を奪ってベッドに押し倒した。

ところが七重がいやがって激しく抵抗したため、それ以上なにもすることができなかった。

そのとき荻野はすでに女を経験していたが、七重はまだバージンだったのかもしれない。そう思えるほど真面目で堅い感じだった。

そしてそれ以来、七重のほうが荻野を避けるようになって、ふたりの付き合いは終わったのだった。

だが、そんな苦い思い出も一瞬のうちに七重の甘美な舌の感触が忘れさせてくれた。荻野が差し入れた舌に、七重のほうからねっとりと舌をからめてくる。

荻野も熱っぽく舌をからめながら七重を強く抱きしめ、片方の手を彼女のヒップに這（は）わせた。ニットのタイトスカート越しに生々しく感じられるむっちりとしたヒップが、撫でまわす荻野の手にヒクつき、くねる。

すでにズボンの前を突き上げて七重の下腹部に突き当たっている荻野の分身もヒクつき、それを感じてか、七重がせつなげな鼻声を洩らして腰をくねらせる。

しかも彼女のほうから荻野の分身に下腹部をこすりつけてくる感じだ。

濃厚なキスをつづけながら、荻野は七重の手を取った。股間に導き、ズボン越しに強張りに触れさせた。

「ああ……」

唇を離した七重が、ふるえをおびた喘ぎ声を洩らした。

「久しぶりなんじゃないか」

荻野は訊いた。興奮で強張ったような表情をしている七重が、恥ずかしそうなようすを見せてうつむき、小さくうなずいた。

「触って」

荻野がうながすと、うつむいたまま、強張りをそろそろ撫でる。

その手つきが、すぐに大胆かついやらしくなってきた。強張りをなぞると同時にその感触を味わっている感じだ。

それにつれて七重の表情がはっきり欲情しているとわかるそれになって、息遣いも荒くなってきた。

ああッ、と七重がたまらなそうな声を洩らした。

荻野は驚いた。立っていられなくなったようにひざまずいたかと思うと、欲情に取り憑かれたような表情で荻野の下腹部を見つめたまま、ズボンのチャックを下ろしていくのだ。

七重の手で、パンツを突き上げているペニスが取り出された。もはや七重の眼にはペニスしか見えていない感じだ。

「ああッ、すごい。もうだめッ。見ないで」

きれいな指をした両手を怒張に添えてふるえ声でいうと、唇をつけてきた。

眼をつむって、舌をねっとりと亀頭にからめる。さらに唇と舌で勃起しているペニス全体を味わおうとするかのようになぞったり、舐めまわしたりする。そして、くわえると、興奮に酔いしれているような表情の顔を振ってしごく。

その一連の行為を、荻野は呆気に取られて見下ろしていた。

あれから十数年たって彼女も三十七歳の熟女になっているのだ。それに未亡人になって二年ちかくにもなるのだから……そう思っても、荻野の頭の中のどこかにはいまも昔のままの七重がいて、七重がみずからフェラチオをしかけてきて、しかも夢中になってペニスを舐めまわしたりくわえてしごいたりしていることが、信じがたいのだった。

だがそれも束の間、身ぶるいするような快感と一緒に、信じがたいぶん新鮮な興奮に襲われた。

ふたりともまだ服を着たままで、七重が荻野の前にひざまずいて濃厚なフェラチオをしながら、彼女自身興奮のあまりたまらなくなったかのようなせつなげな鼻声を洩らしているのだ。

この刺戟的で煽情的な状況に、荻野はたちまちこらえを奪われて腰を引いた。

「アアッ……」

七重の口からペニスが抜け出て生々しく弾み、それを見て彼女が喘いだ。

荻野は七重を抱えて立たせた。

顔に表れている興奮が足にまできているらしく、七重はやっと立っている感じだ。荻野がニットスーツを脱がそうとすると、自分で、とうわずった小声でいって背中を向けた。

七重が脱ぐのを見て胸をときめかせながら、荻野も手早くスーツを脱いでいった。

ニットスーツの下に、七重は白いブラとショーツに肌色のパンストという下着をつけていた。

七重がパンストを脱いでいくのを見て、荻野は思わず息を呑んだ。ズキンとペニスがうずいて脈動した。そのとき初めてショーツがシースルーだとわかって、むっちりとしたヒップとその割れ目が透けて見えているのを眼にしたからだ。

七重はパンストと一緒に靴を脱ぐと、両手を背中にまわしてブラホックを外し、色っぽい仕種でブラを取った。そして、ベッドに入ろうとする。

あわてて荻野は七重の前にまわった。

「待って。このまま、七重の熟れた軀を見せてくれ」

いうなり胸の前で交叉させている七重の両手をつかんで開いた。

「いやッ。そんな、だめッ」

七重は身悶えた。本気でいやがっているのではなく、うろたえ、恥ずかしがっているだけのようだ。荻野がつかんでいる両手からすぐに力が抜けた。

荻野は七重の裸身を舐めるように見た。

しっとりと脂が乗ったようなヌメ白い肌。ほどよいボリュームがあって、やや反りぎみの乳房。その頂にくっきりと突き出している、乳房同様まだ色も形もきれいな乳首。さらにウエストのくびれから、まさに熟女の官能美をたたえているように悩ましくひろがっている腰。それにシースルーのショーツの前の一部分に刺繍が入っていてもわずかに透けて見えている、いかにも濃そうなヘア……。

熟れた裸身に眼を奪われていた荻野は、そのとき驚いた。

うつむいている七重が、息を弾ませているのだ。しかも興奮しきった表情で、ヒクついている荻野のエレクトしたペニスを凝視したまま――。

「俺のペニス、正直だろ？　七重の躯がたまらないほど色っぽいせいだよ」

荻野が笑っていうと、七重は顔を起こした。ぎこちない笑みを浮かべて荻野にもたれかかってきた。そのまま荻野は七重を抱いてベッドに入った。

3

ベッドに仰向けに寝た七重の上に覆い被さった荻野は、片方の乳首を舌で舐めまわしながら、一方の乳房を手で揉んだり指先で乳首をこねたりした。

三十七歳とは思えない形のいい乳房だが、さすがに若い女のような張りはない。そのぶん柔らかめの餅をこねているような感触があって、揉み応えは快い。それに感じやすいらしい乳首は、性感の高まりが凝縮したようにビンビンになっている。

繰り返し狂おしそうにのけぞって感じ入ったような喘ぎ声を洩らしている七重が、自分から腰をうねらせる。そうやってペニスとの強い接触を求めているようだ。

七重の声や腰つきに切迫したものがあるのを感じて、まさかとは思いながらも荻野は激しく舌で乳首を弾き、乳房を揉みたてた。

「アアだめッ」

突然、七重が切迫した声を発した。荻野の頭をかき抱いてのけぞったかと思うと、

「アアン、イクイクーッ！」

よがり泣きながら絶頂を訴えて腰を振りたてる。

「驚いたな、オッパイを舐められただけでイクとは」

荻野が啞然としていると、七重自身も驚いているようだ。達した直後の放心したような表情にそんな感じが見て取れた。

「それだけ欲求不満を抱えていたってことか」

そういって荻野が突き出している乳首を指で触ると、七重は鋭い喘ぎ声を発して弾かれたようにのけぞり、軀をヒクつかせた。

ひどく過敏になっている七重の軀を、荻野は両手で撫で下ろしていきながら、彼女の下半身に移動していった。それにつれて七重が艶かしい喘ぎ声を洩らして熟れきった裸身をくねらせる。

これこそ女体美の極致ではないかと思いながら荻野は、悩ましい腰の線を両手でなぞるのと一緒にショーツをずり下げていき、抜き取った。

全裸になった七重は、顔をそむけて両腕を胸の上で交叉し、下半身をよじっている。

その表情には、もう緊張感のようなものはなく、あるのは興奮とときめきの色だけだった。

荻野は七重の脚をつかんで開こうとした。

「いやッ」

と、七重が小さな声を洩らして脚を閉じようとした。が、反射的にそういったただけだったようだ。すぐにされるままになって脚を開いた。

「やっと、ここまでたどりついたよ」

荻野は七重の顔を見ていった。

「いや」

七重は眼をつむってそむけている顔を赤らめ、か細い声を洩らした。

目の前にあからさまになっている秘苑に、荻野はゾクゾクしながら見入った。

思ったとおり、ヘアは濃い。肌が白いぶん濃密な茂みがより黒々として見えて、それが熟女の性欲の深さや強さを暗示しているかのようだ。

それに、濡れそぼっている肉びらもそうだ。色素の濃い、肉づきのいいそれは、見るからによく発達した女性器を想わせると同時に貪婪な唇を連想させる。

荻野はふと、そのひどくいやらしく見える秘苑と、昔、当時の女子大生にしても珍しいほど清純なところがあった七重をダブらせてみた。

とたんにわきあがるような興奮と欲情に襲われて秘苑にしゃぶりついた。

七重は驚いたような喘ぎ声を発してのけぞった。

荻野はクリトリスを舌にとらえてこねまわした。

七重はすぐに泣くような声をあげはじめた。荻野が舌を使いながら上目遣いに見ていると、よがり泣きながらときおり「いいッ」と快感を訴え、両手でシーツをつかんだり片手を口に当てたりして繰り返し狂おしそうにのけぞっている。

よがり泣きと息遣いが切迫した感じになってきた。

荻野は彼女に絶頂が迫っているのを予感して、ビンビンに膨れあがっているクリトリスを攻めたてるように舌で弾いた。

「アアッ、イク——！」

七重がふるえをおびた声を放って大きくのけぞった。荻野が攻めたてると、

「イクーッ、イクイクーッ！」

腰を激しく律動させてよがり泣きながら絶頂を告げる。

七重の軀がぐったりしたところで、荻野は上体を起こした。

七重は放心状態で息を弾ませている。繰り返しオルガスムスの余韻(よいん)に襲われているらしい。断続的に軀をヒクつかせている。それでも放心した表情があまり変

わらないのが、オルガスムスの深さを物語っているようだ。

荻野はペニスを手にすると、亀頭で肉びらの間をまさぐった。とたんに七重が悩ましい表情になった。

「アンッ、だめッ。それだめッ」

怯えたような声をあげて腰を揺すり、両手で荻野の手を押しやろうとする。

そのまま荻野は亀頭をヌルヌルしたクレバスにこすりつけて、クチュクチュと生々しい音を響かせながら訊いた。

「もう入れたいのか？」

七重は強くうなずき返して、

「アアッ、入れてッ」

と、ストレートに催促する。

七重からそんな言葉を聞いただけで荻野は興奮をかきたてられ、ペニスがうずいた。

そして一瞬、もっと卑猥なことをいわせてみたい衝動をおぼえたが、いきなりそんなことをするより、ここはひとまず七重の欲求不満を解消してやろうと思い直し、亀頭で膣口をまさぐって押し入った。

怒張が蜜壺に滑り込む。七重が声もなく、苦悶の表情を浮きたてて のけぞった。

息を詰めていたらしく、怒張が奥まで突き入った直後、息と一緒に感じ入ったような喘ぎ声を吐き出した。

荻野は驚いた。突き入ってじっとしていると、蜜壺がジワ～ッとペニスをくわえ込むような感じで締めつけてくるのだ。

「すごいな。七重のここ、俺のをくわえ込んでるよ」

「アアン、いいッ」

七重は昂(たかぶ)った表情でいって催促するように腰をうねらせる。

荻野はゆっくりと抽送(ちゆうそう)した。それに合わせて七重が悩ましい表情を浮かべてのけぞりながら、気持ちよさそうな声を洩らす。

「どのくらい、してなかったんだ？」

腰を使いながら荻野が訊くと、

「ずっと……」

七重はうわずった声でいった。

「てことは、ご主人が亡くなってから二年ちかくってこと？」

七重はうなずいた。

「よくそんなに我慢できたな。というか、さすがだ。七重は昔から堅かったからな。こんなに熟れきった軀をしてたら、七重じゃなきゃとても我慢できないよ」

「そんな……そんなんじゃないわ」

「どういうこと？」

「昔もいまも、わたし、あなたが想ってるみたいなタイプじゃないのよ」

「だってあのとき、俺を撥ねつけたじゃないか。あのときは七重、まだバージンだったんだろ？」

「ええ。でもわたし、ホントは自己嫌悪に陥っちゃうくらい、いやらしかったの。だから、あなたにあんなことしたの」

荻野は行為をつづけながら首をひねった。七重のいっている意味がわからなかった。

「アアン、ね、わたし上になっていい？」

さっきから荻野の動きに合わせて腰をうねらせながら、もどかしそうな表情で話していた七重が、たまりかねたように訊く。

荻野にとっても願ってもないことだった。七重の騎乗位を見てみたい。ああ、と答えて彼女を上にした。

荻野はきれいな形の乳房を両手にとらえて揉みたてた。その両腕につかまった七重が、官能的にひろがった腰をクイクイ振る。

「アアいいッ。アアッ、奥に当たってる！」

苦悶の表情を浮かべて、ふるえをおびた感じ入った声をあげる。亀頭と子宮口の突起が当たって、グリグリこすれているのだ。

そのしびれるような快感をひとしきり味わうと、ついで七重が自分から上体を前屈みにしてわずかに腰を浮かせた体勢を取った。

そのまま、腰を上下させる。肉びらが突っ立った肉棒をくわえて上下にスライドする淫らな眺めが、顔を起こしている荻野の眼に入った。

七重も股間を覗き込んでいる。

「アアッ、入ってる！　アアン、いやらしい！」

淫らな眺めを見て興奮を煽られているようだ。さきほどはそれを躊躇してやめた荻野だが、こんどは訊いた。

「なにが、どこに入ってる？」

「アアン、ペニスが、オ××コに入ってるの」

七重はあからさまなことをいった。股間を覗き込んだままなので表情はわからないが、卑猥な言葉を口にすることで興奮をかきたてられているような感じの声で。

それを聞いた荻野はショックを受けた。一瞬、あの七重がそんなことをいうか!?――と耳を疑った。だがそれ以上に興奮を煽られて、蜜壺でくすぐりたてられているペニスがヒクついた。

そのとき、七重が上体を起こして腰を落とした。荻野が差し出した両手に指をからめてつかまると、夢中になって腰を振りたてる。亀頭と子宮口の突起が激しくこすれる。

「いいッ。アアッ、気持ちいいッ。アアン、イッちゃいそう！」

「イケよ、ほら！」

荻野はけしかけて腰を突き上げた。

七重は呻くような声を放ってのけぞり、腰を律動させてよがり泣きながら昇りつめていく。

荻野は起き上がって七重の上になった。見ると、七重の目尻から涙が流れている。

「よかった？」

七重がうれしそうにうなずく。その表情がすぐに悩ましいそれに変わった。荻野が腰を使いはじめたからだ。

「こんどは一緒にイコう」

荻野の律動に合わせて七重の腰がうねる。

色っぽく熟れきった腰の、そのいやらしい動きに、荻野はふと圧倒されるような気持ちにさせられたが、それを追い払って激しく突きたてていった。

4

「さっき、妙なことをいってたな。昔、ホントは自己嫌悪に陥るほどいやらしかった、だから俺にあんなことをしたんだって。あれ、どういう意味なんだ？」

交替にシャワーを浴びたあと、ふたりでビールを飲みながら、荻野は七重に訊いた。

「あのときは、いやらしい自分のことをあなたに知られるのがいやだったし、怖かったの」

七重は自嘲するような笑みを浮かべていった。

「だってあの頃の七重、真面目で堅くて、それに二十歳すぎてもまだ清純なところがある感じで、ちっともいやらしいとこなんかなかったじゃないか」

「それはそう見えただけよ。というかわたし自身、いやらしい自分を隠そうとして、そう見られるようにしてたの」

「いやらしいって、どういやらしいんだ？」

「こんなことというの、いまだって恥ずかしいけど、あなただから白状しちゃうわ。あの頃のわたし、性的なこととかセックスとかにすごく興味があって、しょっちゅうそんなこと考えたり想像したりしてたの」

荻野は唖然とした。信じられない話だった。

「どんなエッチなこと考えたり、想像したりしてたんだ？」

「大抵はふつうにセックスするところだけど、レイプされるみたいなとこととかも……」

さすがに七重は恥ずかしそうにいった。

「レイプ願望があるのか⁈」

「ホントにレイプされるなんていやよ。想像の世界とかプレイとかならいいってこと……」

「プレイって、レイププレイみたいな経験があるのか？」

七重はうなずき、少し、と答えた。

「相手は亡くなったダンナか」

「ええ」

「だけどそんなことまで経験してて、よく二年ちかくも男なしで我慢できたな」

荻野は七重の夫への嫉妬からつい、いやみのようなことをいった。

「夫が亡くなってから、昔の学生の頃のわたしにもどったの」

七重は苦笑いしていった。要するに、いやらしい自分を隠して表向きは貞淑な未亡人を演じてきた、ということらしい。

「だけど、正直いうと、もう限界にきてた。そんなとき偶然、あなたと出会ったの」

「しかも偶然、ふたりの立場も似通っていた。七重は未亡人で、俺は結婚していてもセックスレス。なにか運命の糸で引き合わされたみたいだな」

荻野はそういってベッドに腰かけている七重に笑いかけながら、椅子から立ち上がった。七重も立たせるとバスローブの紐を解き、バスローブを脱がせて足元に落とした。

全裸の七重は羞じらいを浮かべ、乳房と下腹部を手で隠して立っている。

「七重はレイププレイが好きだそうだから、運命の糸の代わりにこの紐で縛ってやろう。両手を背中にまわせ」

荻野が命令口調でいうと、とたんに七重の表情にときめきのような色がひろがって、彼女はいわれたとおり両手を背中にまわした。その両手を荻野はバスローブの紐で縛った。

「慣れてるみたいだけど、縛られたことがあるのか？」

後ろ手に縛っただけでさらに艶かしさが増した裸身に、舐めるような視線を這わせながら荻野が訊くと、ええ、と七重は答えた。

「夫婦でＳＭもやってたのか⁉」

荻野は驚きと嫉妬まじりに訊いた。七重の横に立って、片方の手の指先で乳首をつまんでこねまわし、一方の手でヒップを撫でさすりつつ。

七重は喘いで身悶えながら、

「ＳＭっていうか、いまみたいに軽く縛られたり、言葉でいじめられたりするだけだけど……」

うわずった声でいう。

ソフトSMといわれるプレイをしていたらしい。荻野自身、そういう言葉やプレイの大体の内容は知っていたが経験はなく、女を縛ったのもいまが初めてだった。

「最初にそういうことをしようっていいだしたのは、どっちなんだ?」

「わたし……」

乳首を指で軽くつねりながら訊いた荻野に、七重が眉根を寄せてのけぞり、喘ぎ声で答える。

それを聞いて荻野は、ますます嫉妬した。七重がそういうこともいえるほど、夫との仲は深かったということだ。それもセックスにおいて。

「七重がそんなことをいうとはな。俺にもそんな七重を見せてくれよ」

荻野はバスローブを脱ぎ捨てると七重を後ろから抱き、両手で乳房を揉みたてた。

七重はせつなげな喘ぎ声を洩らしながら、荻野のエレクトしているペニスが突き当たっているヒップをもじつかせるようにして身悶える。

荻野は片方の手を七重の下腹部に下ろして濃密なヘアをかき上げ、肉びらの間をまさぐった。

早くも蜜でヌルヌルしているクレバスを指でクチュクチュという音を響かせてこすってやると、七重はすすり泣くような声を洩らしてさもたまらなそうに腰を振る。

「いやらしい音だなァ。それにその腰つきはなんだ？」

荻野がいい匂いのする髪を顔で分けて、口で耳をくすぐりながら囁くと、

「アアッ、いや。ウウン、だめッ」

七重はのけぞって甘ったるい声を洩らす。いやがっているというより嬲(なぶ)られて興奮を煽られているようだ。

荻野は七重をベッドに上げると後ろ手に縛っている紐を解き、彼女を仰向けに寝かせた。

こんどはバスローブの二本の紐を繋(つな)ぎ、その端で彼女の足首を縛り、紐をベッドの下に通して一方の足首を縛った。

開脚を強いられた七重は、うろたえたような声を洩らして悶えた。

「この二年ちかくの間、セックスは我慢していたらしいけど、それですむはずはないから、自分で慰めてたんだろ？」

荻野が訊くと、両手で股間を隠して恥ずかしそうに顔をそむけている七重は、

覚悟したように眼をつむって小さくうなずいた。

「七重のオナニーを見たい。俺の前で本気でやってみろ」

「そんな、いや」

荻野がベッドから下り、七重の正面に立って命じると、さすがに彼女はうろたえたようすを見せていやがった。

「ダンナの命令は聞けても、俺のは聞けないっていうのか⁈」

荻野の強い口調に、そんなことはない、というように七重はかぶりを振る。

「だったら、やれ！」

けしかける荻野の声で、股間を隠している七重の両手が動いた。左手が濃密なヘアをかき上げ、右手の中指が肉びらの上端に這ってクリトリスをまさぐる。そして、ゆっくりと円を描く。

荻野は、女がオナニーするところを見るのは初めてだった。しかもそれが七重ということで興奮しきっていた。

最初はためらいがちだった七重だが、みるみる大胆になった。それに充分にマゾっ気もあるらしく、明らかに荻野に見られて興奮している。そむけた顔にはっきりとそれが表れて、指先でクリトリスをリズミカルに撫でまわすにつれ、せつなげな喘ぎ声を洩らしながら、熟れきった腰をたまらなそうにうねらせているのだ。

そんな七重の手元に眼を奪われていた荻野は、彼女の顔を見て驚いた。いつのまにか七重のほうも、荻野のいきり勃っているペニスを凝視していたのだ。

「七重のオナニーを見てたら、ほら、またビンビンだよ」

荻野は腰と一緒にペニスを揺すってみせた。

「アアン、もう、あなたのほしい。ちょうだい」

七重は泣き声で求める。

荻野はベッドに上がり、七重の顔の横に腰を下ろした。

「じゃあおしゃぶりしながらオナニーでイッたら、下の口にもこれをやるよ」

そういって彼女の口元にペニスを差し出した。

まるでそうするのを喜んでいるように七重はペニスを舐めまわし、そしてくわえると、顔を振ってしごく。同時にクレバスに指を使って腰をうねらせながら、切迫した息遣いとともにせつなげな鼻声を洩らす。

そんな七重を見て荻野はふと、『爛熟』という言葉を思った。かつて『清純』を絵に描いたような女子大生は、いまやすべてが熟れすぎるほどに熟れているのだった。

○この作品はフィクションです。実際の個人、団体、事件などとは一切関係ありません。

●初出一覧

いやらしく、して……「特選小説」2005年7月号
惑乱海道……「特選小説」2005年12月号
夜桜に乱されて……「特選小説」2020年5月号
人妻だから……「特選小説」2021年9月号
同棲時代……「特選小説」2017年1月号
発情する理由……「特選小説」2022年9月号
元彼女が未亡人になって（爛熟を改題）……「特選小説」2004年5月号